文化の脱走兵

奈倉有里

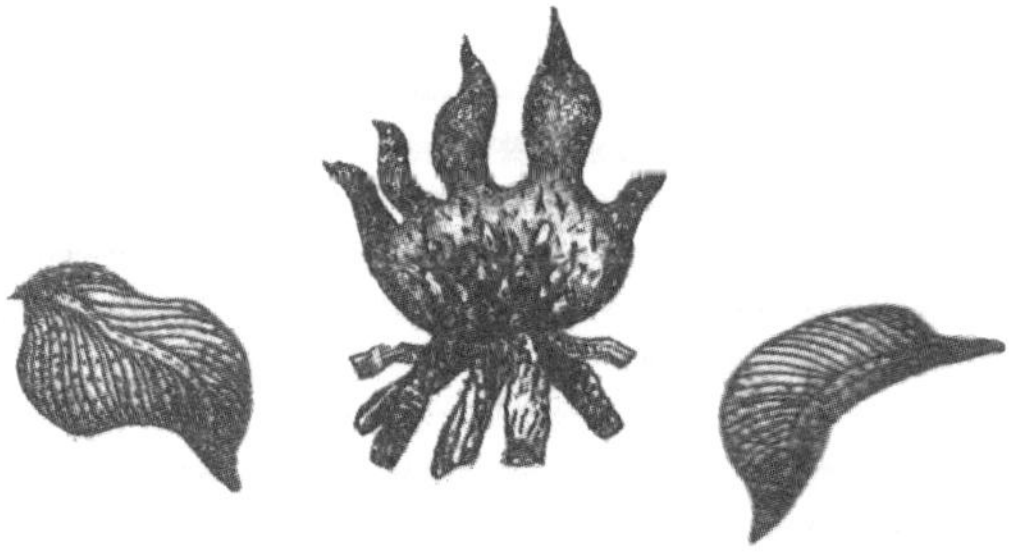

講談社

文化の脱走兵　目次

装画　さかたきよこ
装幀　名久井直子

文化の脱走兵

クルミ世界の住人

小学校三年生のころ、同級生の家に遊びに行った。その子の家は当時住んでいた横浜の住宅街でちいさな商店を営んでいた。いまではチェーン店の進出でほとんどなくなってしまった、自動販売機に毛が生えたようなのどかな商店。ちょうどお店が休みの日だったのだと思う。シャッターを閉めた薄暗いガレージで、その子のお父さんがクルミを割っていた。クルミ割り器というものを見たのは、それが初めてだった。おじさんはペンチのようなものに殻つきのクルミを挟んで、カタン、また挟んで、カタン、と割っていく。クルミはびっくりするほどたくさんあった。おじさんは私を見て「おっ、そこの友達、クルミ好きか」と訊く。とくに嫌いではないので頷くと、「そうか、食べなさい食べなさい。まだまだ、いくらでも割るからな」と喜んでごちそうしてくれた。そして「クルミが好きな人に悪い人はいない！」と言って笑った。割りたてのクルミはくたっとやわらかくて甘くて、おいしい。それからもおじさんは私が遊びに行くと、お店が忙しそうなときでもこちらを振り返って、「おっ、クルミの好きな子だね」と、仲間を見つけたみたいに嬉しそうな顔をするのだった。私はそのことに、なんだかものすごい衝撃を受けた。世のなかには、私という人をまったく知らないのに、クルミというちいさな食べものだけを理由に自分をこんなに思いきり肯定してくれる人がいるのか。じゃあもし「好きじゃない」って言ってたらどうなっていたんだろう。悲しそうな顔をしただろうか。がっかりして、私を仲間だとは思ってくれなくなっていたんだろうか。

　そのころ——十歳くらいのとき、ほとんどの物事に「いい」「悪い」という価値観がついてまわることを知り、それが面白くなった時期があった。人を傷つけるのは悪いこと。じっくり考えるのはいいこと。草木を大切にするのはきっといいこと。もしも、地面に流したらずっと木の根っこが苦しむような毒を撒いたら……それはたぶん、すごく悪いこと。いいとか悪いとかとは別に、「好きなこと」もある。そのとき私が住んでいた町は昔は海で、ちいさな貝の化石がたくさん出る地層があって、たまたま当時おとなりに住んでいた友達のお父さんが地質学の先生だったから、一緒にその地層から化石を洗いだす作業をした。じーっと見てようやく貝だとわかるような大昔の貝をひとつひとつピンセットでつまんで標本を作っていく。昔のことをこうやって丁寧に調べるのは、たぶんいいこと。

　クルミの話に驚いたのは、ちょうどそんな時期だったからなのだろう。だって、私がクルミを好きなことで誰かにいいことをしてるとは思えないし、逆に誰かを傷つけるとも思えない。食べただけじゃ歴史を解き明かすような発見もない。クルミ好きな人にはほんとうに悪い人がいないのかどうかも……自信がない。でもあの子のお父さんは、心から嬉しそうな顔をしていた。いま思えばなにか理由があったのかもしれない。クルミ農家の出身とか、好きな映画や本の影響とか……。でもあのときは、クルミを理由に自分が肯定されたのに、クルミどころではなかった。なんとも思っていなかったものをたまたま好きだと言ったことによって、自分を「いい」存在だと思ってもらえるのが不思議だった。

　もう少し大きくなると、それはそんなに不思議なことじゃなくなった。本来よくも悪くもないはずのことに、いいか悪いか、仲間かそうじゃないかの線引きを持ち出すのは、案外よくあることなのだ。同じクラスの女の子二人がなにやら盛り上がっていたと思ったら、私の知らない男性アイドルグループの写真を持ってきて、「ねえねえ、この人とこの人、どっちがかっこいい？」と訊く。ほとんど同じ顔に見えたけれど、「うーん、こっち？」と片方を指すと、一人が喜んで「やったー、さすがなっくちゃん、わかってるねえ」と私を仲間扱いし、もう一人が「えー」と不満げな顔をする。私の中には存在しない線引きが、この二人にとっては白黒を分ける大事なものなのだ。そういうことがあるたびに、「ああ、これはこの人にとってのクルミなんだな」と思うようになった。

　中学生くらいのころからレフ・トルストイを猛烈に好きになった。その理由のひとつは、トルストイを読むと、そういう線引きの良し悪しを、ひとつひとつ一緒に考えているような気持ちになれるからだった。『復活』の冒頭はだいたいこんなふうに始まる――人間がどんなに自然を傷つけても、春はやっぱり春だった。植物も、鳥も、子供たちも嬉しそうだった。けれども、人間たち――もう一人前の大人たちは、自分をあざむいたり苦しめたり、互いにだましあったり苦しめあったりすることをやめなかった。大人たちにとって神聖であり大切なのは、この春の朝――平和と調和と愛ではなく、互いに他人を支配するために考え出したことなのだった。

　トルストイは「いい」と「悪い」を考え続ける。もしわからなくなったら、いったんものすごく小さな単位まで分解して、もう一度考える。私は思う――トルストイが『復活』の印税を全額寄付したというドゥホボル派の人たちのことはそれまで知らなかったし、トルストイの思想がどう変わっていったのかを考えるにはたくさんの時間が要りそうだけど、でも、考えるという作業そのものが大切だというのは、わかる。

二〇〇二年、ちょうど二十歳になる冬、私はロシアのサンクトペテルブルグに留学した。まだほとんど外国に行ったことがなかった私にとっていちばん衝撃的だったのは、国名が名刺のように自分についてまわることだった。語学学校の同じクラスにはイタリア人、フランス人、ドイツ人、トルコ人がいて、私だってその子たちのことを、ドイツ人のジルケとか、フランス人のジャン＝フランソワとか認識しているわけだから、あたりまえといえばあたりまえなのだけど、それまで自分にとって国というのは単なる行政単位であって、選挙権もなかった自分にとっては空気のような存在だった。空気だと思っていたものが自分についてまわるのは、なんだか気が重い。

会話の授業を担当していたのはガリーナ先生という大柄の女性で、貧困や戦争や難民といった社会問題についても積極的にみんなに問いかけた。留学生たちはそのたびに自分の故郷の問題点を挙げ、批判し、どうしたらいいのか意見を出しあった。しかしとことん話をしていくと、だんだんみんな頭を抱えて、それぞれの故郷があまりにも多くの問題を抱えていること、歴史にしっかり向きあえていないこと、自分たち自身もまだまだ考えが足りないことなどに気づいて、暗い気持ちになっていく。そんなときガリーナ先生は必ず、「私はあなたたちを見るとき、気をつけてることがあるの。ジャン＝フランソワが『フランス人』じゃなく、ジルケが『ドイツ人』じゃなく、ユリが『日本人』じゃないところに、その人の本質があるのがわかってるから。ここで教えてるうちに、どうしたらそれが見えるかってことを考えるようになった。私の方法は簡単。目を見て、その奥になにが見えるか考えながら話を聞くこと。一回じゃわからなくても、なんども話をしているうちにわかってくる。そういう部分っていうのは、見ようとしないと見えてこない。みんなはそんなことはあたりまえだと思うかもしれないけど、ほら、こういう話をしていると、つい忘れちゃうことがあるでしょう。他人はもちろん、自分もその枠に押し込めてしまいそうになるでしょう」という話をした。私たちはハッとして、自分たちが危ないところへ入っていこうとしていたことに気づく。「気が重い」の重さの理由に気づく。枠というのはいろいろあるけれど、なかでも国の名前っていうのはたぶん、すごく頻繁に使われる枠組みだからこそ、こんなに近くで毎日一緒に学んでいる友達や自分をどこかに押し込めてしまって、そのせいでなにかが見えなくなるような、そういうものなのだ。

　モスクワに移り住んだ二〇〇四年、モスクワではチェチェン紛争の余波でテロが頻発し、その傷を怒りで返すように、ロシア国内の一部の若者の間で排他主義が高まっていた。自分たちの仲間を殺した「ロシア人」が乗っている地下鉄を爆破して、数十人をまとめて殺す。不可解な侵入者に見える「外国人」だから襲撃する。知らない人を殺したり、ナイフで刺したりする。テロや排他主義に潜む、枠組みが暴力を肯定する構造の単純さと破壊力の強さに、ぞっとする。

　同年夏、私はモスクワの文学大学という本の虫ばかりが集まる大学に入り、その子たちのなかでもとびぬけて本の虫だったマーシャという女の子と仲良くなって、寮では同じ部屋に住むようになった。二年生のころ、マーシャにバイク乗りの恋人ができた。その人はとにかくバイクが好きで、アマチュアバイク乗りの会に参加するためにヨーロッパに行くこともあるような人だった。私が初めて会ったとき、その人は私とマーシャを見て、「なんだか似てるね」と言い、「なるほどねえ」と頷いた。そして、「いや、バイカーって、みんな同じ顔してるんだよ。初めて向こう（ヨーロッパ）のバイク乗りたちに会ったときさ、感動したんだ。みんな俺みたいな顔してて。ゲルマン系だろうとラテン系だろうとアジア系だろうと、顔に『バイカー』って書いてあるんだ。俺はたぶん、どこの国に行ってもすぐバイカー仲間を見つけられるんだって思ったら、嬉しくてさあ。でもあれだな、たぶん本が好きな人の顔ってのもあるんだな」と続けた。

　バイカーの顔というのがどういう顔なのか私にはいまひとつピンとこなかったが、その人が言いたいことはわかった。好きなものが同じだと顔が似てくるというのもわかる。私とマーシャが似ているかどうかは一緒にいすぎるせいかよくわからないけれど、本が好きな人の顔というのもわかる気がする。特に、読みかたとか好きな本とかが一緒だと、顔どころか性格も行動も似てくる。文学大学にいて私が寂しいと思ったことがないのは、本の世界の住人と一緒にいるからなのだろう。この人が世界中のバイク好きを見つけて喜んでいるのと同じように、私は本好きの集団に囲まれているから、少しくらいたいへんなことがあっても、心の底の部分はいつも幸せな気持ちでいるのだろう。

　二〇一四年のクリミア併合以降にロシアとウクライナのあいだで起きた軋轢は、ロシアとウクライナの多くの人々の関係をめちゃくちゃに壊していった。たんに国籍や住む地域によってだけではなく、その問題にかんする考えかたの違いだけで、家族や友達や仕事仲間として親しかった人同士の関係が、目の前で次々に崩れていく。文学に携わる人々も、それに無縁ではいられなかった。二〇一四年の秋、私はモスクワでひらかれた翻訳者会議に参加していた。世界中からロシア文学の翻訳者や出版エージェントが集まり、ロシアの作家や研究者も呼んで、発表や講演を通じて交流する貴重な会だった。この年はクリミア併合に異議を申したてる署名運動の呼びかけから始まり、セッションや質疑応答でも時事的な問題に触発された論議が盛んにおこなわれた。その大半は翻訳者にとっても切実な課題で、有意義な議論も数多くあった。けれどもそういった問題になると必ず、「この作家はウクライナの作家でありロシアの作家ではない」とか、「クリミアはロシアのものかウクライナのものか」といった話に引っぱられる人が出てきて、そこで突きつけられる奇妙な白黒の世界に参加者たちがしばし呆然としてしまう、という瞬間が幾度もあった。このときの訪露で自宅に招いてくれたウリツカヤの言葉に、私は救われた――「国や政府とは、その行政単位に暮らす人々や、その国にかかわる人の人権を守るためだけに存在する最低限の必要悪であるべき」だと。私たちは必要悪に毒されてはいけない。私はこの数年、この言葉を繰り返し思いだしていた。

二〇二二年二月二十四日。△△軍が□□を侵攻。死者、難民、新たに生まれる憎悪と復讐心。誰もが望まない最悪の展開に、私たちは言葉を失くす。心なんてものじゃない、体が痛い。けれども伝えなくてはいけないことは山のようにある。開戦翌日のブィコフの反戦表明を翻訳し、ウクライナ人の母とロシア人の父を持つミハイル・シーシキンが二〇一四年から語り続けていた言葉を掘り出し、新たに送ってくれた文章を翻訳する。ロシアとウクライナの友人たちの悲痛な声や、「ロシア政府に俺たちの代弁をさせるな」と反戦の声をあげるグルホフスキーの言葉や、ヘッセがナチズムからドイツ語を守ったように「戦争から言葉を守る」ことを訴えるゲニスの言葉を翻訳し、憲法と人権の大切さを説き続ける政治学者エカテリーナ・シュリマンの講演を訳出する（いずれもnoteで公開中、タイトルは「戦争という完全な悪に対峙する」「ウクライナとロシアの未来」「無数の橋をかけなおす」「戦禍に社会科学はなにができるか」）。

　そうして一ヵ月、絶え間なく続いた翻訳の緊張の連続が途切れたとき、私はふとあのクルミのことを思いだし、続けてバイク好きのあの人を思いだした。不思議な連想に、「あれ？」と思う。この、希望のようなものはなんだろう。

　クルミが好きだと言った私を仲間だと思ってくれたあの子のお父さんは、いまもクルミ好きな人を見つけたら喜んでクルミをふるまっているだろうか。ああ、そうだといい。もしあのときの薄暗いガレージに、子供のころの私とロシアの友達とウクライナの友達が来ても、やっぱり「おっ、そこの友達、クルミ好きか」と訊いてくれたらいい。クルミ割りの小気味いい音を聴きながら、山のようにあったあのクルミを、私たちは黙々と食べよう。カタン、カタンとおじさんはクルミを割り続ける。たくさんのクルミは、私の想像のなかでどんどん増えていく。だって、チェチェンの子のぶんもアフガニスタンの子のぶんも、地球の裏側の子のぶんもなくちゃ困る。大丈夫。クルミ世界のおじさんはちいさな仲間がたくさんいるって喜んで、あのときみたいに「いくらでも割るからな」って、張り切ってくれるから。

クルミが好きじゃない子供のために、トマト好きのおじさんも必要だ。トマトを中心に世界が回っているトマト世界のおじさんは、畑でもいできたばかりの青い匂いのするトマトをくれる。ウクライナの子供とロシアの子供は並んでトマトにかじりつく。ついでにトマトが大好物の私もごちそうになる。

クルミでもトマトでもなくてもいい。好きなもの、好きなことを気前よくふるまうこと、「好き」を分かちあうことを快く思う人が、その基準を確固たるものとして持っているのは、これからの世界の子供たちにとってものすごく大切なことなのだろう。その基準が国という行政単位のしがらみに曇らないように、ものや人を愛しく守る人々の存在が。

子供が大きくなって、もしバイクが好きになったら、世界のどこにいてもあのバイク好きの人が見つけて、「同じ顔してる！」と大喜びしてくれるはずだ。そうしたらみんなでバイクに乗っていろんな土地に行って、そこでまたたくさんの「同じ顔」の人を見つければいい。

もし本が好きになったら——私たちがその人たちを見つけて、めいっぱい大切にしよう。世界中のたくさんの本を翻訳して、朗読して、笑ったり泣いたりしよう。

秋をかぞえる

夏の終わりに、急に肌寒くなる日がある。タオルケット一枚で寝ていると明けがたには寒くて目が覚めて、「とうとうきたぞ！」と嬉しくなって飛び起きる。たんすにはＴシャツやノースリーブばかりで、着るものがない。しまっておいた秋冬物をひっぱりだし、防虫剤の匂いのするフードつきの長袖パーカーを着てみる。長袖なんか着たらさすがに暑いのだが、どうしても長袖が着たくなる。これから秋がくることを実感するために。

子供のころ「好きな季節」を聞かれたら、迷わず「冬」と答えていた。十二月のはじめに誕生日がきて、母がケーキを作ってくれる。街がどんどんクリスマス色になり、冬休みには新潟の祖父母の家で従兄弟たちと雪遊びをする。帰る前には必ずおばあちゃんが巻町のちいさな本屋に寄って、私と弟に一冊ずつ好きな本を買ってくれる。

絵本やおはなしはなんでも好きだったが、冬を描いた作品はとくに好きだった。そのひとつに、北風が出てくる物語があった。冬になるとやってきて元気にあたりを吹きまくり、春には春風に押されて、さみしそうにいなくなってしまう。確かおはなし朗読のカセットテープだったのだが、文字通り擦り切れるほど聴いた。主人公は北風ではなくキタキツネだったと思うが、なぜだか私はキツネより北風に自分を投影していた。形のわからないその姿に、冬になるわくわくと冬が去るせつなさを重ね、自分は北風の生まれ変わりかもしれないとさえ思っていた。

　そんな冬がだんだんと近づいてくるという理由で、秋も好きになった。気温が少しずつ下がるたびに、「秋だ、冬がくるぞ」とむずむずするほど嬉しくなる。大きくなってもこれは変わらなかった。十五歳くらいのときだろうか、その年も私は「秋だっ、冬がくるぞ！」とひとりで盛りあがっていたのだが、ふと「でも、あと何回？」と考えた。あと何回、こんなわくわくを味わえるのだろう。八十五まで生きるとして、七十回。九十五までだとしても、八十回。それまで生きてきた年月がわずかなのだから、ぶじに生きながらえるとすればいままでの「秋」よりこの先の「秋」のほうがずっと多いはずなのだが、そのときの自分にとっては絶望的に少なく思えた。たった七、八十回で、もうそれからは秋も冬もこない。短い。人間って、ほんの少ししか生きられないんだ。じゃあやっぱり、あと七十回ちゃんと楽しんでおいたほうがいい。フードつきのパーカーやセーターを着られる幸せを味わっておいたほうがいい。

　パーカーくらいではどうにもならない秋を初めて知ったのは、二十歳のときのペテルブルグだった。八月の末から急激に気温が下がり、「バービエ・リェータ」と呼ばれる、終わりゆく夏の残り香を惜しむような暖かい日が少しだけあったあとで、一気に空の色が変わって、学校では新学年が始まり、十月のなかばにはもう初雪が降る。前年の冬から留学していたので街にはだいぶ慣れてきていたが、秋の劇的な変化を前に私は言葉を失った。東京の秋をぎゅっと縮めて濃縮したような季節に続いて、マイナス二十度以下の冬がくる。といっても十月に初雪が降ったあとすぐに冬になるわけではなく、寒気がいったん緩んで雨がたくさん降る時期がある。気温が五度以下のところにしとしとと雨が降り、海からの冷たい風が吹きつけるペテルブルグの秋は、下手な冬よりよほど寒い。学校帰り、傘もレインコートも役にたたず、ずぶぬれになって凍えながらネフスキー大通りを歩いたことが何度もあった。よく風邪をひかなかったと思う（信じられないことに私はロシアにいた六年ほどのあいだ、一度も風邪をひかなかった)。

それでも秋はいい。ロシアの詩に秋をうたった作品が多いことを知ってからは、よけいに秋が好きになった。まずはなんといってもアレクサンドル・プーシキンだ。秋になるたびにたくさんの名作を生みだした、自他ともに認める秋好きのプーシキンの詩『秋』は、はじめに十月の訪れを喜んだあと、ほかの季節を描写する。「道がぬかるむ雪どけの季節は体を壊すし好きじゃない、それよりは厳しい寒さの冬のほうがいい」と、春を軽くけなして冬の橇やスケートの楽しさをひととおり賛美したあと、「しかし冬はとにかく長い、こんなに長けりゃ巣穴の熊だって飽きる」と、北国らしい冬の倦怠を語る。そして「夏はまあ、暑さや砂ぼこりや蚊やハエさえいなければ好きになってやってもいいんだけど……」と続いたあと、ふたたび秋に戻ってくる。韻を踏み華麗な形式を守りながらも、学友とおしゃべりでもしているみたいに季節談義を繰り広げるさまがプーシキンらしい。物憂い季節、金色や深紅に染まる森をうたい、吹きつけるぴりっとした新鮮な風をうたい、雲間からふと顔を覗かせる貴重な太陽の光をうたう。雨が多くて嫌われがちな晩秋さえ、病弱な女の子を慈しむように愛しく思えるのだと表現する。死期が近いのを知っていながら静かにほほえむその頬に、わずかな紅が残るのを見届けるかのように。

もちろんセルゲイ・エセーニンも忘れちゃいけない。自らを「最後の農村詩人」とうたった彼は、「エセーニン」という苗字が故郷のリャザンのことばでロシア語の「秋（オーセニ）」と同語源だということを誇っていた。彼は自然と一体化し、楓の木になりきって故郷の農村にたたずむ。畑の作物は収穫を終え、木々の葉は落ち、赤毛の馬がたてがみを掻く。あと少し、あと少しで銀色の冬がくる。

気がつけば私にとって、ただ気温が下がるのを楽しみにしていた子供のころより、秋の種類は格段に増えていた。ペテルブルグやモスクワの劇的な秋を体験しただけじゃなく、詩のなかの幾多の秋が、見たことのないロシアの遠い村の動物たちや、深い森の滲み入るような秋を連れてくる。そうして十五の自分がかぞえていた「七、八十回」という数字を、いつのまにかとうに超えていることに気づく。あのときひとつの年の秋を「一回」とかぞえた私は、まだ「詩の時間」を知らなかったのだ。

詩を読むのは時間軸を変えることだ——と、モスクワの文学大学で詩を教えていた先生が話していたことがある。「詩のなかに流れる時間は、たとえば十六行という決まった行数のなかでも、数千年にわたっていることもあれば、気づかないほど短い一瞬のあいだに人の頭のなかに起きる変化を語っている場合もある。詩を読むときには、一定のリズムと韻律に身をゆだねながら、その詩の時間軸に感覚を合わせることが必要になる。私たちはそうして詩を読むことで、たくさんの時間軸を自己に内包できるようになる」と。そう聞いたときはさほど実感が湧かなかったが、いまになってまた秋をかぞえようとしてみて、それから十五のときに「七、八十回」の秋を短いと感じた感覚と比べてみると、少しわかったような気がしてくる。私はもういちど、エセーニンをひっぱりだす。こんな詩が目に留まる――

　厳しい秋に、人の苦しみが詰まっている。鎌は重たい麦の穂を刈っていく、まるで白鳥の首を狩るように。八月の朝の寒気《かんき》に触れた麦の束は結ばれて横たわり、黄色い死体のようだ。霊柩車のような荷車に乗せられ、納骨所――納屋へと運ばれ脱穀される。麦もまた肉体だなんて、誰も気づこうとしない。人喰い水車の歯車が、その骨を嚙み砕こうと穂をほおばる。そしてやくざ者が、人殺しが、悪党が、秋風のように口笛を吹いていく。白鳥の首を狩るように、鎌が麦の穂を刈っていくから……。

　麦の穂の描写は一語一語が執拗なほど人に喩えられ、その命が刈られ砕かれる痛みが伝わってくる。そうするうちある瞬間に、これは喩える側と喩えられる側が逆であっても――麦が人にではなく、人が麦に喩えられていてもおかしくないのではないか、という恐ろしいことに気づかされる。麦のように刈られるたくさんの命とは、なにを意味するのか。

この詩の成立は一九二〇～二一年と推定されている。革命と激しい内戦の末、食糧政策に対する農民の反発と権力との衝突、一九二〇年の不作、一九二一年夏の水不足が重なり、ヴォルガ沿岸を中心として深刻な食糧難が起きた。エセーニンの故郷であるリャザンも一九二〇年の時点ですでに凶作となっている。かねてからエセーニンは農業の機械化や中央集権化に不信感を抱き、それを詩にうたっていたが、その不安は次々に具現化していった。作物が不足するほど都市部での需要も高まり、権力は各地に武装隊を配備し強制徴集をおこない、農村では多数の餓死者が出た。せっかく収穫した麦が死体に喩えられ、荷車が霊柩車に喩えられ、納屋が納骨所に喩えられたことには――本来であれば農家にとって最も喜ばしいはずの収穫の場面がこんなに悲しく描かれていることには、そういう背景があったのだ。

この詩に描かれた秋はいくつだろう。ひとつ、ともかぞえられるし、たくさんの麦の穂の束の――農民の身になってみれば幾多の秋だ。そのなかにはそれが最後の秋になった者も少なくない。まだ季節なんていうものを認識すらできない子供もいた。いずれにしても私の見たことのない、知らなかった秋だ。

十五のころは、どうして短いなんて思ったのだろう。人生に残された時間はあのころより確実に少なくなっているはずなのに、秋の数はまだ増えていく。一方ではもう充分すぎるほどたくさんの秋を過ごした気もするし、他方ではまだなにも知らない気もする。

　もしこの秋が自分にとって最後の秋だとしたら、どんな秋の詩を読もう。エセーニンにはまだほかにも秋の詩がたくさんある。せつない詩も多いけれど、転がるような人生だって悔いなく振り返れそうだ。アレクサンドル・ブロークがめずらしく子供のために作った、うさぎが主人公の秋の詩もいいな。

　いずれにしてもひとつの秋はもう、ひとつではない。まだ知らない詩のなかには、どれくらいの秋があるんだろう。うん、やっぱりこの秋を最後にするのはもったいない。もう少し秋をかぞえていたいな。

渡り鳥のうた

稲穂が実り山の葉が色づき、さて今年は雪がどのくらい降るだろうと考える秋の新潟に、白鳥がくる。住む人間にとっては寒くなるばかりの日々だが、白鳥はもっと寒いシベリアから暖かい土地を求めて、冬を越しにやってくるのだ。春までのあいだ雪の湖でくつろぐ麗しいお客さん――鳥たちの姿は、冬の風物詩である。

じゃあもしそういう渡り鳥をシベリアから見たら、どんな感じがするだろう。一九二三年トルキスタン自治ソヴィエト社会主義共和国（現トルクメニスタン）生まれのアルメニア系詩人エドゥアルド・アサードフの『鳥たちは飛び去る』という詩は、こんなふうに始まる――

秋が蜘蛛の巣を　はためかせ

空には　船のように群れて
鳥たちが　鳥たちが　南へと
薄紅のかなたへ　去ってゆく

ここで「船」に喩えられているのはきっと、舳先のように三角に列を組む鳥たちだろう。けれども実は作者の目にその形は見えていない。アサードフは二十歳のころ第二次大戦期のセヴァストーポリで顔を負傷し失明したが、詩を書きたい一心で終戦後の一九四六年に文学大学に入学する。のちに、目は見えずとも心でとらえた情景を描き人気を博した、盲目の詩人である。

この先の詩連を読むと、「南へと」去っていくのはコウノトリであり、アサードフはその姿を愛しい人に喩えている。コウノトリはシベリアのアムール川流域などで繁殖し、秋になると暖かい土地を求めて南へ——中国や日本へと飛んでいく（もっとも、日本には野生のコウノトリはこなくなってしまって久しいのだけれど）。だからロシアで渡り鳥といえばたいてい夏の風物詩で、ひとときの暖かい季節を楽しんだのち厳しい冬が近づくといなくなってしまう切なさがあり、それをアサードフは恋い慕う心に重ねているのだ。

コウノトリや白鳥をはじめ雁や鴨など、冬に北から越冬のために飛来する鳥は、日本では「冬鳥」と呼ばれている。なかには夏に南から避暑地を求めてやってくるカッコウのような「夏鳥」もいるが、渡り鳥といったときに一般的にイメージされるのは冬鳥の場合が多い気がする。北原白秋の『渡り鳥』もまた、冬鳥が春先に北へと飛び去るさまを描いている。

あの影は渡り鳥、
あの耀《かがや》きは雪、
遠ければ遠いほど空は青うて、
高ければ高いほど脈立《なみだ》つ山よ、
ああ、乗鞍《のりくら》嶽、
あの影は渡り鳥。

一九二三年刊の『水墨集』におさめられた詩だ。雪を頂く雄大な山脈の上を高く飛んでゆく渡り鳥。空や山の遠さ高さとあいまって、飛び去る鳥に対する名残惜しさが滲む。秋にロシアから南へ去る鳥にも、冬の終わりに日本から北へ戻る鳥にも、季節は違えどそれぞれの場所で詩人たちはその姿に切なさを重ねてきたのだろうか。

しかし去る鳥がゆく先から見ればそれは来る鳥なわけで、春ロシアにやってくる鳥たちを描いた詩ももちろんある。ニコライ・ザボロツキー（一九〇三〜五八）の『雪どけ』は、「吹雪の去ったあとに雪が溶けて」「小径のわきには薄い皿のような水たまりが光る」ころ、「もうすぐ木々が芽吹き、群れなす渡り鳥がやってきて春の訪れを告げる」という喜びをうたった詩だ。北国の長い冬が終わるいいようのない嬉しさが、細やかな描写からこみあげるように伝わってくる。

こんなふうに続けて渡り鳥の詩を読んでいると、まるで鳥たちを介して詩人同士が語りあっているように思えてこないだろうか。ほら、目の見えないアサードフが心に思い描いた鳥たちがアムール川を飛びたち飛驒山脈に到来し、その鳥たちを愛でた白秋が春先に耀く雪とともに惜しみつつ見送り、ふたたびロシアに戻る鳥をザボロツキーがいまかいまかと待ち望んでいる——みたいに。言葉をもたない鳥たちは、季節ごとの詩情を運んで北へ南へと行き来する。詩人たちは目や心でそれを感じとり、言葉をリズムに乗せていく。

私がはじめて渡り鳥という存在に憧れたのは、『ニールスのふしぎな旅』（矢崎源九郎訳、岩波少年文庫）を読んだときだ。冒頭で「この子は、たいして役にもたちませんでした」（！）と紹介されるいたずらっ子のニールスは、虫とりあみでつかまえた小人に魔法をかけられて自分も小人になり、ガチョウと雁の群れと旅をする。

しばらくのあいだ、ニールスは雁たちが自分を連れていってくれるのかどうかわからず、家に帰らされるんじゃないかと恐れている。小さくなってしまって思うようにいかないことばかりだし、いつもはいじめているねこや家畜にだっておどかされるのに、それでも家には帰りたくないのだ。「もちろん、おなかがすいたり、こごえそうになったりすることも、たびたびあるだろう」と考えるものの、鳥たちと水浴びしたり冒険したりする毎日は、とても楽しそうだから――「ああ、もしガンたちといっしょに旅にいけさえしたら、こんな姿になったのもうらめしくは思わないんだけどなあ！」と、ニールスは思う。

私はいつも「どこか遠くに行ってみたい」と思うい っぽうで、さほど旅が好きではないというおかしな性分の持ち主だった。いや、子供のころは一人旅などできないから、あまり旅行をしない家に育ちながら「どこかに行きたい」気持ちを満たしてくれる本が好きになったのかもしれないし、そうするうちそれが生きかたにつながったのかもしれない。それに実際に旅をしても決して体験できないような世界を見せてくれる本だって、たくさんある――ガチョウに乗って空を飛ぶ視界は、創作の向こうにしかひらけない。

それでもやっぱり夢というものは忘れたころに別のかたちで首をもたげてくるもので、私はいつしか北へと飛んでいた。ガチョウではなく、アエロフロートに乗って。雁の群れとともにではなく、ひとりきりで。

その先の生活を思いだすときふと思う。あまり旅行が好きではないもうひとつの理由は、旅をしたらすぐその旅先に住んでしまいたくなるせいかもしれない。思い切ってどこかへ行ってしまうと、もうそこから動きたくない。自分のいる場所を自発的に切り替えていくのが下手なのだ。まるでお風呂に入る前は「入りたくない！」といってだだをこねていたのに、入ると「出たくない！」とぐずる子供みたいに。もしどこか魅力的な土地に行ける機会があったとしても、それが数日や数週間だとしたらどうしても「短いなあ」と感じる。いざ着いてみるとたちまちその場所を気に入ってしまう。モスクワでは決して便利とはいいがたい文学大学の寮にずっと住んでいたいと思っていたし、わりあい簡単に行けるはずの周辺地域にもさっぱり足を伸ばさず、大学と図書館で本ばかり読んでいた。だって、あのときしかできなかった読書もたくさんあり、それらの本がいつも目まぐるしいほど新しい世界を見せてくれたから、はたから見ればひとつのところにとどまっているようにしか見えなくても、自分の主観としては大忙しだったのである。

それでも大学生活には終わりがあり、私はまた空を飛んで戻ってきた。それ以降は毎年のように、調査や翻訳者会議でモスクワやペテルブルグを訪れたが、それまでとは違い一、二週間、長くても二ヵ月程度しかいられないので、やはりいつも「短いなあ」と思う。図書館で本を探したり現地の作家をたずねたりしているうちに、すぐ帰る日がきてしまう。渡り鳥に喩えたところで感慨よりも慌ただしさが先にたちそうだ。

そういえばアーラ・プガチョワ（一九四九〜）の娘でもある歌手のクリスチーナ・オルバカイテ（一九七一〜）がうたった二〇〇三年の流行歌にも『渡り鳥』という曲がある。主人公は「あなた」のもとを去ったけれど、それは「また戻ってくるためだったの」という呼びかけが訴えるように何度もリフレインする歌だ。渡り鳥には「飛び去る」と「飛んでくる」だけではなく、「再び戻る」という詩情もあるわけだ。オルバカイテは多くのロシアの文化人と同様、二〇二二年二月の開戦直後に「平和な空を切に願う」と「反戦」を訴え、その後プガチョワはイスラエルに、オルバカイテはフランスに去った。亡命の流れとみられていたが、秋にはロシアに戻る予定だという。「平和な空」を願い「また戻ってくる」——ポップなラブソングだと思っていた『渡り鳥』の歌詞に、新たな意味が加わったかのようでもある。*追記

その昔、鳥のように飛べたらどんなにいいだろうと願った人間が飛行機を作り、ほんとうに飛べるようになり、そのうちそれがあたりまえになり、渡り鳥よりよほどせわしなく行き来するようになった。けれども飛行機は人ばかりではなく爆弾を運び武器を運び、動物も人も住めない地獄を作りだすものでもあった。人や鳥はその災いから逃れるため、平穏を求めて飛び去っていく。

第二次大戦期のソ連ではパルチザンを渡り鳥に喩えた歌が流行した。夜は焚き火で暖をとって傷を癒し、昼は手榴弾を投げて容赦なく敵を殺して、戦争が終わったら故郷に飛んで帰ろう——という、なんとも血なまぐさい「渡り鳥」である。

しかし鳥は手榴弾など投げない。ただ逃げるだけだ。二〇一六年の秋、ウクライナ東部ですでに銃撃戦が繰り広げられていたころ、こんなニュースがあった——例年なら飛ぶはずの一部の渡り鳥たちが、その年はドニェプロペトロフスク上空を飛ぶのを避けてその手前にとどまったままだというのだ。鳥類学者によれば、紛争を

怖がって例年通りの飛行ができずにいるのではないか、という話だった。

　鳥類学者といえば、ミハイル・シーシキンの『手紙』には、主人公が敬愛する「ハイタカ先生」というニックネームの生物の先生が登場する――「先生は、さまざまな植物や鳥が絶滅していくことについて、可笑しいくらい心を痛めていた。黒板の前に立つと、まるで僕たちが何か悪いことでもしたみたいに怒鳴るんだ。『トキナシグサはどうした？　イトナルコスゲはどこだ？　マルバオモダカはどこだ？　スノーフレークはどこだ？　なんだ、どうしてみんな黙っているんだ。鳥はどうだ。クマタカはどこだ？　イヌワシはどこだ？　ブロンズトキはどこだ？　どうしたんだみんな、答えてくれ！　トキはどこだ？　ウスユキガモはどこだ？　ハイタカはどこだ、ハイタカはどこへ消えた？』そんなときの先生は、自分もぼさぼさ頭の鳥みたいになってた。どの先生にもあだ名があって、先生のあだ名はハイタカだった」。

　ここに登場する植物や鳥は実際の絶滅危惧種が主なので、基本的に種名を忠実に翻訳したのだが、「トキナシグサ」だけは「時が無い」という言葉の意味そのものが大事だったので、室生犀星の詩から「時無草」を拝借した。消えていく植物や鳥と時間のテーマは『手紙』のなかでハムレットの Time is out of joint へ、戦争という壊れた時代へとつながっていく。

壊れた時代が生物を蝕んでいく。私たちはまた、アサードフのように飛びたつ鳥に恋心を重ね、白秋のように雪とともに見送り、ザボロツキーのように春の喜びを鳥に託すことはできるだろうか。鳥たちに空を渡らせて、詩情をやりとりすることができるだろうか。

＊追記　この原稿の再校ゲラを見直している段階（連載時の二〇二二年九月中旬）で、アーラ・プガチョワが半年の沈黙を破り新たに反戦の声明を出したというニュースが入ってきた。そのメッセージのなかで彼女は「偽りの大義に騙されて若者が死ぬ」現在のロシアの状況に対する強い批判を表明している。プガチョワはこの少し前にモスクワに戻っていたが、戻ったらなにをしたいかとの記者の問いに「ある人物の顔を殴りに」と答えていた。日本でも『百万本のバラ』で知られる伝説的なスターはロシアの一般層に対する影響力も大きく、国外に拠点を置くロシア自由系メディアは彼女の名前にかけて「プガチョワの乱」と名づけ、現政権を揺るがす威力を持ちうるのではないかと報道している（プガチョワという名は十八世紀に農民の乱を先導したプガチョフと同じ苗字の女性形だ）。

＊追記の追記　右の追記を書いた直後の九月二十一日、ロシア国内で一般市民を戦場に送るための動員がかかり国内の状況が急変した。プガチョワは再び国外に脱出し、二〇二四年五月現在はキプロス島に滞在している。

動員

一九一四年。一般的には、第一次世界大戦の開始とともにロシアの世論は愛国主義的言説一色に染まったとされている。当時の新聞を見るならばそれは確かにそう見えるし、詩人のなかにも戦争を賛美する者はいた。そんななか、親しい詩人に愛国主義をうたう詩を披露された翌日、詩人アレクサンドル・ブロークは手帳にこう記す——

　今日ようやく、はっきりとわかった、この戦争の明確な特徴は非偉大性（高尚ではないもの）だと。この戦争は単なる行きがかりの巨大な工場なのだ。

当時すでに数多くの作品を世に出し圧倒的な人気を誇っていた抒情詩人までもが

戦場に送られるとは、周囲もにわかには信じがたいことであった。

「まさか、彼〔ブローク〕まで前線に送ることになるというのか、小夜啼鳥を焼き殺すようなものじゃないか」

そんな開戦直後の知人の心配もむなしく、召集される兵士の年齢は次第に上がっていき、一九一六年七月の初め、当時三十五歳だったブロークもまた軍にとられ、後方ベラルーシ南部の平原で壕を掘る日々を送る。

そしてブロークの創作史上、最も長い沈黙の期間が訪れる。毎日あふれるように詩を書き続けていたブロークの詩が明確に途絶えるのは、日露戦争と第一次世界大戦の二度の戦争の時期だ。日露戦争期の日記には自分が「無力」であると繰り返し記され、第一次大戦従軍後の日記には、「創作をしなければいけない」「内面は自由でいなければいけない」と悩みながらも、「書けない」苦しみの跡がみられる――

「あなたは書いていますか」「彼は書いています」「彼は書いていません。書けないのです」

やめてくれ。あなたがたはなにを「書く」と呼んでいるのか。インクを紙に塗りたくることか。そんなことは第十三部隊〔ブロークがいた部隊〕の指揮官でもみんなできる。

戦争の蛮行を前に、詩人はなにを書けばいいのか。それは指揮官の発するような言葉では決してない。ブロークより十五歳若いセルゲイ・エセーニンは一九一四年の十月に十九歳になったばかりで、一九一五年の四月にはすでに徴兵の恐れがあることを知人への手紙に書いている。翌　九一六年の四月、前線に向かう列車に乗せられ、さらにその翌年三月までが彼の兵役の期間となる。自伝的物語詩『アンナ・スネーギナ』のなかでエセーニンは戦争をこう語る——

「戦争は僕の心を喰いつくし／どこかの他人の利益のために／目の前にあった体を撃ち」「それでわかったんだ、自分はおもちゃだと」「僕は武器とかたく決別し／詩のなかでだけ戦うことにした」「能無しと悪党どもが／戦争を『戦いぬけ』『勝利まで』とけしかけて／死にに行けと前線に追いやった」「それでも僕は剣をとらなかった……／砲撃音と轟音のもとで／選んだのは別の勇気だ——／僕は国でいちばんの脱走兵になった」

戦う勇気ではなく、逃げる勇気を。なにかのため、誰かのために犠牲にしてもいい命など、ひとつとして存在しない。

ロシア国立文学芸術アーカイヴに保存されたエセーニンの詩『ルーシ』には、「一九一六年五月三十一日、コノトプ近郊」という行軍中の日付と場所が書き込まれている。エセーニンの『ルーシ』はこの文脈において読み解かれるべきものである。人を戦争にけしかけ、脱走兵の厳罰化を決めた二十一世紀のロシア大統領が『ルーシ』の身勝手な解釈によってエセーニンを愛読書としているのは、厚顔無恥のなせる業にほかならない。

だがどんなに浅はかな権力者であっても、いや、だからこそ、膨大な権力を握ってしまえばその者を止めるのは難しくなる。

二〇二二年九月二十一日、ロシアで動員がかかった。戦争を「特別軍事作戦」と言い換えたのと同じように、部分動員の「部分」などというものが目くらましにもならないごまかしの言葉であることに人々はすぐに気づく。大統領演説の直後からすでに国内には衝撃と混乱が広がり、人々は国外に脱出しようとする。比較的簡単に出国できるベラルーシに逃れた人も多い。しかし翌日には独立系メディアで「ベラルーシは二〇二〇年のデモ鎮圧以来、警察組織がさらに肥大し国土の至るところに膨大な監視カメラが設置された警察国家になっている。ベラルーシに逃げても政府の一存でいくらでも捕まる危険性がある。すでに空港には警官が集められロシアのパスポート所持者を確認する態勢に入っている」と警告していた。

　モスクワのマルーシャに連絡をとる。彼女は母親がウクライナ人で、ウクライナ東部のドンバスに祖父母が住んでいる。二〇〇八年、まだ気軽にいつでもモスクワとウクライナを行き来できていたころ、私が彼女の家に泊まったときにちょうど遊びにきていたおばあちゃんに出会い、食事からパジャマまでことごとく気遣ってもてなそうとする心配性で世話焼きなそのおばあちゃんがとても好きになった。二〇一四年に紛争がはじまってからはおじいちゃんも連れてしばらくモスクワに避難してきていたが、少し落ち着くとやはり住み慣れたドンバスに戻っていった。マルーシャからはよく「おばあちゃんがいつも、ユリは元気かって訊くんだよ」とメッセージがくるので、「元気だよ、よろしくって伝えて」と返していた。二月以降、私はなかなかなにも訊けずにいた。幾度めかのやりとりのなかで、ようやく「おばあちゃんによろしくね、大好きって伝えておいて」と書いた。返ってきたのは「うん、伝えておく」という言葉と笑顔のスタンプ。だけど彼女の声がきこえない。顔も見えない。笑顔のスタンプが笑顔を意味するわけがないことだけはわかるけれど、それ以上はなにもわからない。

そしていまマルーシャは、父親がまだ年齢制限の上限に達していないから動員される危険があると恐れている。ああ、そのお父さんのことも知っている。ウクライナ人の妻を持つ五十九歳の弁護士。口数が少なく穏やかで、家にいるときはいつ見てもパソコンに向かって仕事をしている。人を助けることに心底喜びを感じている人にしかできないような、てらいのないまっすぐな笑いかたをする。二〇一四年ごろに家に泊まりにいったとき、いまどんなことをしているのかと訊かれたので、私は現代のロシアの文化政策や反体制文化の動向について調べているという話をした。それからそのお父さんはまた半日ほど黙々とパソコンに向かっていた。仕事をしているのだと思っていたら、なんと私のために何十ページにもおよぶリンクつきの資料を作成して、ほとんど無言のまま差し出してくれて、驚きつつもありがたく受けとったことがある。数年前には家族三人そろって東京に来てくれたので、本郷の「麦」というカフェに案内した。夫婦とも、古い名曲喫茶のたたずまいがまるで六〇年代のソ連みたいだと言って懐かしそうにしていた。ええと、それで、いま。あの人が軍にとられる？　妻の故郷を破壊するために？

動員開始から三日目。独立系放送局ドーシチをつける。ドーシチは弾圧により三月にいったん閉鎖されたが、拠点をリガに移し七月からYouTubeでの放送が復活し、ようやく毎日のニュース番組が戻ってきたところだった。ニュース番組のコメント欄を見ると「小学校の校長先生が召集されてしまった、五十九歳だ」と訴える声があがっている。どうやって出国すべきかを相談する人もいる。ジョージアかカザフスタンか。航空券の値段が購入不可能な額にはねあがっていて、まずはビザなしで陸路で行ける国に行くしかない。

もう半年以上、現実が次々に最悪の予想を上回り続けていて、理解が追いつかなくなりそうになる。

いつ動員がかかるかわからない状況は二月からずっと続いていた。政治学者のエカテリーナ・シュリマンが最初期から警告していたことが現実になっている。混乱状況のなかで法的効力のない召集状をばらまき、それに反応した（徴兵事務所に出向いてしまった）人を手当たり次第に動員する可能性があること、反戦運動をする人などを拘束し、「義勇兵」として動員する可能性があること。政府がそれを「義勇兵がこんなに集まりました」と発表したら、そのデータを信用してしまう海外メディアも出てくるのだろうか。兵役の経験もない若者も、年齢上限を超えた老人も含めて、とにかく数を集めようとしている。あらゆる方法で逃げなきゃいけない。

ドーシチのアナウンサーは「このような犯罪的な戦争を起こし、犯罪的な動員をする政府に対しできる唯一のことは、従わないことだ」と、繰り返し呼びかけている。とにかくこの巨大な犯罪から逃げること。動員から逃れて国外に逃げるロシア人に対し、ドイツがいちはやく受け入れを宣言した。反対に、ヨーロッパのどこかの政治家が「ロシア人など受け入れずに送り返せ」と公言したという話もあった。「どういうことなんだ、送り返すというのはつまりその人たちにウクライナの人を殺させるということなのに」と独立系メディアのコメンテーターが困惑している。

ペテルブルグ大学の大学院を出て出版社で働く友人は動員演説の翌日から仕事を休み、別荘に逃げた。戸籍上の住所がある場所にいるのがいちばん危険だ。「召集がくるかもしれないし、こなくてもなにかの拍子に連れていかれるかもしれないと言われていて、まるで犯罪者にでもなったみたいに逃げてる。犯罪を続けているのは政府なのに」。案の定、動員手段はその後さらに強硬になっていった。十月半ばには建築現場や商業施設にも私服警官が押しかけて、徴兵事務所に連れていかれるようになる。

法的支援団体OVD-Infoの呼びかけで、俳優や作家たちが受賞トロフィーなどを放出しチャリティーオークションをやり、そのお金で、反戦運動をして逮捕された人たちを助けようとしている。サーシャ・フィリペンコは『理不尽ゲーム』で受賞したルースカヤ・プレミヤのトロフィーをはじめ、これまでロシアで受賞した五つの文学賞のトロフィーや賞状などをすべて出品した。ほかにも映画監督のキリル・セレブレンニコフがゴールデン・マスク賞を出品し、エカテリーナ・シュリマンや、映画『運命の皮肉』をはじめソ連時代から名脇役として人気の女優リーヤ・アヘジャコワ、歌手のアンドレイ・マカレーヴィチらの著名人が反戦のコメントとともに参加している。

いっぽう小中学校では、近年猛威をふるってきた「愛国教育」が開戦直後からさらに強化され、現在の「特別軍事作戦」の正当性が教え込まれてきた。反対する教師は「法に違反する発言をする可能性」があるとして監視カメラで監視され、発言内容によっては解雇だけでなく逮捕される危険もあった。そこにこんどは「動員」も加わった。戦場はもはや戦場ですらなく、都合のいい処刑場だとでもいうようである。

愛国教育には文学も含まれている。もちろんそれは、いまにはじまったことではない。ソ連時代にしても、義務教育の教科書では作家や詩人の生涯や作品から恣意的に一部分だけが切りとられ、都合の悪い部分は徹底的に塗りつぶされてきた。ブロークはドイツ系の出自であるにもかかわらず、それを否定して「ロシアの詩人」とするために、学術的な根拠のない「非ドイツ系説」が近年までたびたび出現していた。エセーニンの詩を脱走兵の文脈からはぎとって「愛国的」ルーシ賛美にすりかえたのもまた教科書の暴挙である。

　だからこそ――だからこそ詩を、本をきちんと読まなければいけないのだ。甘美な抒情が権力に利用されても気づけるように。反戦運動の支援をしている著名人はみな本を読む人々だ。いかに教育が偽りの愛国で武装しようともその欺瞞に簡単に気づいてきた、教科書の嘘を読み解く術を持っている人々だ。文学大学時代の知人に、この戦争に賛成している人など一人もいない。決して難しいことではない。さきほどのエセーニンの引用だけでも、もう一度読めばわかる――いったい誰が「能無し」や「悪党」なのか。人を殺し殺される「おもちゃ」にされないために、ただひとつ、どんな勇気が必要なのかが。

ほんとうはあのとき……

　友達のありがたさを実感する瞬間はいくつもあるけれど、そのなかでもかなり大切なのが、一緒に事実や記憶の確認ができるということじゃないかと思う。それは、なにも特別な思い出じゃなくていい。

　十代のころの話だ。仲良しの友達と遊ぶ約束をする。待ち合わせを決めて数人で集まる。するとたんに、「ねえ、あれって……」「あのときって……」という話がはじまる。

　たとえばその年のお正月にＬちゃんから私に届いた年賀状の話である。年賀はがきの表面を墨汁で埋め尽くすほど勢いよく、太い筆で書かれた表書きの字。住所はかろうじて読めるように書いてあったが、宛名には私のニックネームしか書いてなかった。「なっく様」、以上。「笑っちゃった、よくあれで無事に届いたね」と言うと、Lちゃんは「そう！　あれね、届くかなって思って」といたずらっぽく笑い返す。もし届かなかったらどうするんだと訊くと、「べつに、年賀状が届かなくて困るようなカンケーでもないじゃん」という答えが返ってきた。私はその言葉に妙に感心してしまった。確かにもし年賀状がその子のもとに戻ってしまったら、それはそれで届かなかった年賀状を見て笑えばいいのである。これがたとえば先生とか親戚とかだとそうはいかない。前提としてきちんと宛名を書くだろうし、もしなにかの間違いで戻ってきたらその事情を説明する必要がある。先生や親戚（あるいは大人なら仕事のつきあいの相手）に送る年賀状には年賀状本来の役割があり、年賀状にはその役割を果たしてもらわなければならない。けれども本来の役割が果たせなくってもかまわない、年賀状が届いても戻ってきても楽しいのが、友達という関係なのだ。

　そこには単に気が合うとか互いに好感を持っているというだけではない、いつでも「ねえ、ちょっとまえの話だけど、あのときって……」「ああ、あれね。実はあのとき……」という会話ができるような心理的な近さがあり、同時にその会話によって「へえ、あの言葉の（あるいは行動の）意味はそういうことだったのか」と、いくらでも認識を変えていけるだけの気持ちの余裕がある。いちど受けた印象や解釈をあえて固定させず、いつか確かめあうときのためにとっておく。ごく親しい人との関係だけにある、いわば「充分な余白」とでもいおうか。

この「余白」を確認しながら埋めあっている時間って、すごいと思う。たとえば誰かとどこかへ遊びにいく。音楽のコンサートでもいい。モスクワにいたころ、私の通う文学大学から歩いていけるところに音楽大学があり、そこの学生たちがよくピアノなどのコンサートを無料でひらいていたので、たまに学校帰りに友達数人と聴きにいっていた。コンサートが終わると雪の凍る道をつるつると滑りながら地下鉄まで歩き、「よかったね」と言いあって家路につく。でもなんだか寂しくて、ちょっと物足りない。この日の目的は「コンサートを聴くこと」で、それは果たした。これはさっきの年賀状の喩えでいうなら、年賀状そのものの役割に値する。だけど友達と行ったコンサートの役割は、コンサートそのものだけじゃない。あとになってその日の話をすると、いつだって思ったよりもたくさんの「ほんとうはあのとき……」が出てきてびっくりする。コンサートそのものにしても、行き帰りのできごとにしても、同じ場所にいたのにまったく違うことに気づいていたり、違うものを見ていたりする。あるいは当日慌ただしく話していた会話の内容も、もういちど聞くとどこかで相手の発言やその真意を誤解していたと気づくこともある。それらをひっくるめて確かめてみてようやく、一緒に行けてほんとうによかったな、と実感する。そして、「ああそうだ、あのとき同じ場所にいたという事実だけでは物足りなかった理由はこれだったんだ」と思う。あけておいた余白がすっと埋まっていく。

　体験したことの記憶をひっぱりだしあって、その人がなにを感じていたのかを共有するとき、はじめてその体験が完全なものになっていくあの喜びって、なんていうんだろう。認識を新たにしていくことで自分の中身が少しずつ変わっていくような感覚は、いつ体験しても新鮮な驚きに満ちている。

　けれども、子供のころにはいくらでもあったはずのそんな「余白を埋めあう」ひとときがいつからか減っていき、気づけばなんだか贅沢品のようになっている。大人になっても友達が大切であることには変わりないのだけれど、年賀状が戻ってしまっても笑いあえるほどの距離を保つのは、ときに難しい。互いの忙しさの合間に会える機会があればすごく嬉しいけれど、嬉しいからこそなるべく意識を研ぎ澄ませて相手の状態を知ろうとし、（できているのかどうか自信はないけれど）できるだけ誤解のない言葉を選び、比較的楽に共有できるものを共有することに甘んじてしまう。役割のあるものにはその本来の役割を、まずは担わせようとしてしまう。

現代はメールに加えさまざまなメッセージアプリなどの手段があり、東京の友達ともモスクワやペテルブルグの友達ともフランスの友達とも、その気になればいつでも短い言葉を交わしあえる。たとえ時差が五時間あっても七時間あっても、写真を送ったり励ましあったりできる。便利だし、ありがたい。大学時代の友達がフランスから送ってくれた幼い娘の写真など、愛しくてつい何度も眺めている。

だけどそれらの短い言葉や写真で伝えられる情報には、「余白」を理解するための情報、つまりは背景を伝えるものがとても少ない。不思議に思ったことがあるときは、わずかな言葉に意識を集中させてなるべく正確に伝わるように聞き返してもみるが、それを受けとった相手がどんな顔をしているのかがわからない。そんなふうに焦ってしまうと、「余白」は埋まるどころか、ただつかみどころのない空間が広がっていくだけのように感じることすらある。もちろんふだんからいつも「背景の情報が少ないなあ」などと不満を感じているわけではない。互いの状況がだいたいわかっていて、なにかあったら次に会ったときに確かめればいいと思えるような場合であれば、他愛ないやりとりもまた楽しいものだ。

ところがその背景に大きな不安があると、その足りなさは何十倍にもふくれあがる。いま、ロシアやウクライナの友人とかろうじてやりとりしている言葉は、無事の確認だったり、家族や子供の様子だったり、職場の状況だったりする。けれどもその言葉を発している当人が、ほんとうに元気にしているのかどうかは見えてこない。前回書いた、祖父母がドンバスにいるモスクワの友人マルーシャがくれた笑顔のスタンプもそうだった。

数日前、ペテルブルグの友人のところに、ついに徴兵の紙が届いた。彼は兵役についたこともないし、武器を手にしたこともない。ペテルブルグ大学の大学院を出て出版社で働いている。体が弱く、ちいさいころからひと冬に十回は風邪をひいていたが、日本製の総合ビタミン剤を飲むと風邪をひかないというので、私は行くたびにビタミン剤をお土産にしていた。とてもじゃないけれど兵士になどなれるわけがない、今回の「部分」動員がたてまえどおりならば戦地に送られるはずのない若者だ。動員はいったん終了したという噂がたったかと思えば波のように各地で何度も不気味に復活している。できることはただひとつ、徴兵事務所には出向かず、隠れるしかない。その友人も身を隠した。こちらを心配させないように「大丈夫」と書いてよこしたその言葉の向こうには、どんな現実があるのだろう。

それほどまでにせっぱつまった状況でなくとも、やはり相手の言葉の向こうになにかしらの不安を感じとったうえで、そこに手を伸ばす勇気が出せなかったり、かける言葉がみつからないこともある。いちばんやるせないのは、深刻だとは気づけなかったものの深刻さに、あとから気づくときだ。なにかがおかしいとは感じながらも、「よけいな心配をしても鬱陶しく思われるだけかもしれない」などと考えあぐね、じわじわと時間ばかりが過ぎていく。

ちなみに世のなかにはこういうとき、相手に負担をかけずに気遣うことに長けた、器用でさりげない言葉を紡げる人もいて、心底うらやましいと思う。いや、自分もはなからあきらめているつもりではなく、いろいろと四苦八苦しながら人とかかわろうとしているつもりなのだけれど、まともな言葉が出てくるのがいつもワンテンポ……どころか、ときには何日も、何年も遅れてしまうのだ。いまだって、数年前に友達と話したときにすれ違ってしまったような気がする会話や、十代のころの友達に返すべきだった言葉を、考え続けているのだから。

リュドミラ・ウリツカヤにインタビューをしたとき、作品は誰に向けて書いているのかと訊いたら、「友達」という言葉が返ってきた。それも、友達みんなに読んでもらうつもりというわけではなく、具体的に、サーシャ、ヴィーチャ、ゾーヤ、ディアナ、という感じで、よく知っている個人を読者として思い浮かべて書いていると。そして昔からずっと日記を書いていて、そこに書き留められたことが作品のヒントになることも多いという。

そういう作者にとって彼らが編みだす文学作品というのは、いくら遅くなってしまってもいいから伝えたかった言葉や、書きたかった手紙のようなものでもあるのかもしれない。即時的には表現することができないからこそ伝えたい思いが残り、それは次第にいくつかのテーマや時代の周囲に積み重なり、芯の部分が熟していく。そうして生みだされた作品は本となり、思いがけないところに別の、あらかじめ埋めあう可能性を担った特別な「余白」を生みだしもする――たとえばウリツカヤの本を読んだ私と友達が、その読書の体験や解釈について、認識を確認しあったりすることによって。

そんなとき私はいつも、文学が、ただ一定方向に流れていくだけの時間に対して持ちうる、反逆的な面白さを発揮してくれているような気がする。ずっと忘れていたはずの記憶が本というきっかけを得て浮かびあがって、さらにはそれを誰かと共有することを可能にしてくれる。文学にかかわっていてよかったと心から思える瞬間のひとつだ。

それでもときどき、考えてしまう――もし叶うのなら、やっぱり大好きな人たちに会って、時間なんか忘れて、「ほんとうはあのとき……」を思う存分話したいのに、と。

猫にゆだねる

猫という文字を見て、なにを思い浮かべるだろう。飼っている猫、かつて飼っていた猫、よく近所で見かける猫、いつかどこかで会った猫……。猫は記憶を連れてくる。

これは人によっては「犬」とか「鳥」でもいいし、時代や場所によっては「牛」とか「羊」でもいいかもしれない。人が親しみを感じる動物は環境に左右される。私が育った環境は「猫」に近かった。といっても、子供のころから身近に猫がいたというわけではない。ただ、うちの父母は私が生まれる前に住んでいた二人暮らしのアパートで野良猫を見かけるたびにかわいがっていたらしく、よく懐かしそうにその話をしていたので、私はそれを聞きながら思い浮かべた想像上の光景に憧れを抱いていた。

小学校の二年生になって初めて特別に親しい同級生の友達ができた。その子も猫が好きで、猫を飼いたがっていた。でもどうしたら猫を飼うことができるのか、私にもその子にもわからなかった。一所懸命に七歳の知恵をしぼって話しあい、きっといちばんいいのは「公園で段ボールに入って捨てられている猫を拾ってくる」展開だということになった。ドラえもんやなにかの一場面に出てくる、絵に描いたような捨て猫がどこかにいるような気がしていたのだ。二人とも団地住まいなのだから、よく考えればたとえ見つけたとしたって飼えなそうな気はするが、ひょっとしたら飼えるかもしれない。とにもかくにもまずは猫がいなければはじまらない。私たちは毎日のように会う約束をし、「ねこさがし」をするために、自転車に乗って行けるかぎりのところに行った。

親の目を離れて友達と二人だけで行ったことのないところまで行くのは、幼児期を過ぎたばかりの自分にとってはまごうことなき大冒険だった。大きな運動公園の木陰も小さな辻公園の遊具の後ろも、猫のいそうな（と当時の私たちが思った）場所をひとつひとつ探しまわったけれど、あいにく捨て猫はおろか野良猫さえも見つけられず、いつしか「猫いないね」「ここにも猫いないね」と言いあうために遊んでいるような感じになっていた。

どうしてあのときあれほどまったく猫が見つけられなかったのだろう。探す能力が未熟だったのかもしれないし、猫を探したいというよりは、ただその子と一緒にいたかっただけだからかもしれない。しかしともかくあのとき猫を探した思い出は、あとあとまで「猫」に対する「探したい」気持ちとなって残り、私はいまでもどこかで猫を見かけると宝物を発見したような気持ちになる。

さて、そんな子供のときの私や友達が聞いたら目を輝かせて駆け寄ってきそうな詩を、セルゲイ・エセーニンが書いている――

ああ　世界にはなんてたくさんの　猫がいるんだ
君と僕とじゃ　いつまでたっても　数えきれない

エセーニンが妹のシューラに贈った猫の詩の冒頭である。詩集をめくっているとき、このページにくるといつも笑ってしまう。

妹の回想によると、この詩はこんな実話に基づくらしい――モスクワで辻馬車に乗っていたとき、街角にたくさんの猫がいるのを見つけ、兄に告げた。エセーニンはそれを受けて「じゃあこれから見つけた猫を、ぜんぶ数えていってみよう」と提案し、道中の猫を数えていった。一匹、二匹、三匹。四匹、五匹、六匹……お、あそこにもいるぞ、七匹！　と、他愛ない思いつきだったのに気づけば夢中になっていて、翌日にはこの詩を書きあげたという。だからなのだろう、馬や牛や犬といった動物を描いたエセーニンの詩は数あれど、この詩はとびきり楽しそうだ。詩はこのあと、幼少期に故郷の農村で飼っていた猫についてのノスタルジックな回想に移っていく――おばあちゃんが歌をうたい、猫はどうでもよさそうに「僕」を見つめていた。あれからずいぶん歳月が経ちおばあちゃんも亡くなり、さらに数年後に死んだ猫の毛皮は帽子になって、おじいちゃんがその猫毛皮の帽子をさんざん使いたおした、と猫が死んだあとまであますところなく活躍したところで詩は終わる。

およそ猫というものは古今東西さまざまな文学作品のなかで独特な存在感を放ってきた。ロシア文学だけをみても、プーシキンの描く学者猫、ニコライ・ゴーゴリの『五月の夜、または水死女』に出てくる夜になると黒猫に化ける女、コンスタンチン・パウストフスキーのどろぼう猫、ミハイル・ブルガーコフ『巨匠とマルガリータ』の化猫ベゲモート、コルネイ・チュコフスキーの児童詩にでてくる「ニャーと鳴くのに飽きて、子豚みたいにブーブー鳴きたくなっちゃった」子猫たち、猫を手放さないヨシフ・ブロツキー……と、いるいる、賢いのも邪悪なのも気まぐれなのも優しいのもずるいのも、枚挙にいとまがない。たとえ主役級の猫がいなくとも、ふっとわいてでたように登場する猫をよく見るとなにかが面白いこともある。

たとえばアレクサンドル・ブローク。ブロークは同時代人の回想にもあるように、もとから動物全般が好きで、私は数年前にもブロークが幼少期に書いた猫の詩を紹介した（『群像』二〇一六年五月号）。その詩のほかにもブロークが子供のころに書いた詩は「うさちゃん」「ねこちゃん」だらけだし、祖父にあてた手紙では犬のことばかり書いているし、家庭内で「雑誌ごっこ」をしたときには『ねこのざっし』という名前の雑誌まで作ってその編集長をつとめている。しかし大きくなってからはどちらかというと馬や犬のほうが身近な存在でかわいがっていたこともあり、叔母マリヤの回想では「ブロークの猫への愛情は次第に薄れていった」「猫のあざとさが気に入らなくなった」などと書かれていて、これを事実としてしまっている伝記もあるのだが、なぜマリヤがそこまで踏みこんだ判断をしたのかは、実はよくわかっていない。ブローク自身はそうは表現していないし、大人になったブロークの詩のなかでも、猫は大事なところに出てくる。とりわけ印象的なのは、ある詩のなかでふと窓の外に登場する猫だ——

身も凍るほど寒い冬の日に、ヒロインが僕の部屋にやってきて、『マクベス』を朗読してほしいとねだる。僕は言われるままに読みきかせるが、ちょうど平常心では読めない「大地の泡」のくだりにさしかかったとき、彼女もじっと意識を集中させ、窓の外を見つめていることに気づく。ところがその視線の先を辿ると、太った三毛猫が屋根の上をそろりそろりとしのび歩きをしていて、その猫は、キスをしている二羽の鳩を狙っている。僕はキスをしているのが自分たちではなく鳩だということと、「パオロとフランチェスカのとき」が過ぎ去ってしまったことに気づいてむっとする。

パオロとフランチェスカというのはもちろん、ダンテの『神曲』のなかで、一緒に物語を読むことによって惹かれあう二人のことだ。「僕」はそんなふうに彼女と同じ物語を味わっているつもりだったのに、彼女はいつのまにか猫に気をとられていて、その猫は鳩に夢中だ——と一方通行の視点が流れるように切り替わっていくが、その連鎖の先端にいる二羽の鳩たちがキスをしている地点で一方通行は途切れて双方向的に、つまり、「僕→彼女→猫→鳩⇄鳩」という具合になり、そのせいで「僕」はあらためて、二人の恋人的な瞬間が過ぎたことに気づかされるわけだ。

　この詩における猫は、人の目をひかずにはいられない愛らしさと、獲物を狙うふてぶてしさと、物語の展開を突然変えてしまう意外性と、恋心を重ねたくなるようなままならなさとをすべて兼ね備えていて、猫のトリックスター的な役割を存分に発揮している。ブロークにしてはめずらしく自由詩の形で書かれている点も内容と合致していて、全体的に躍動感がある。

　ちなみにさきほどのエセーニンの場合、「僕→猫→昔の猫→昔の僕→祖父母」と、街で猫を数えていたはずの語り手の意識は猫に導かれるようにして過去の回想へといざなわれる。猫というのは当初は意識していなかったものをひっぱりだしてくる能力もあるのかもしれない。

　猫のトリックスター的な役割は私たちの日常にもひそんでいる。不意にどこかで猫に遭遇すると、それまで考えていたことや誰かと交わしていた会話の文脈がぷつりと途切れて、ぜんぶ猫にもっていかれてしまう——という経験は、猫好きなら一度や二度は味わったことがあるだろう。

　たとえばあるとき、なんとなく入ったカフェで昼食をとり、会計をしようとレジに行くと、奥の椅子に思いがけず猫が寝ていたことがあった。会計をすませて外に出ようとすると、猫はするりと椅子から降り、先まわりをして外に出てこちらを振り返る。なんだか呼ばれているような気がしてついていきたくなるが、猫はふいっと脇道に逸れてとても人の入れない家と家のあいだの隙間をとてとてと進んでいってしまい、そのまま見えなくなる。さっきのブロークの詩じゃないが、ひょんと現れて人の意識をかっさらっておきながら、さらわれた私の意識のことなんてなんとも思っちゃいないのだ。

　でも、そんなふうに思いがけず猫に出会った場面はその一点がとりわけ鮮やかに記憶に残り、ずいぶんあとになってから、ふとその姿を思いだすことがある。そしてその一点を手がかりに記憶を辿ると、ああ、案外覚えているものだ――あのとき私はひとりじゃなかったし、なんとなく入ったカフェでもなかった。そのとき私にはものすごく一方通行的に好きな人がいて、その人と一緒にどの店に入るかさんざん迷い歩いた末に、そこのカフェに入ったんだ。猫が椅子から降りて私たちのそばをすり抜けて外に出ていったときに振り向いてくれたから私ははしゃいでしまって、「猫がおいでって呼んでるよ」って言ったら、気のせいだって笑われたんだ。だけどその人が笑っているのが嬉しくて、笑われてもいいから猫がいてよかったって思ったんだった。

あれ？　どうやら私も猫にひっぱられてしまった。でも猫についていくのも悪くはない。ままならなくても気のせいでもふてぶてしくても、私の思考なんてぜんぶゆだねてしまいたくなる。猫の記憶は楽しいままなのだ。

悲しみのゆくえ

金属は錆びゆき　鋼は腐食し
大理石は砕ける　すべては滅びる定め
この地球上でいちばん　強いものは悲しみ
そしていちばん永いのは　尊厳のあることば

——アンナ・アフマートワ

地球が太陽のまわりを一周するあいだに、どれくらいの悲しみが生まれただろう。それはなにもこの一年に限ったことではないけれど、それでも二〇二二年の二月から現在（二〇二三年二月）までの　年はまるで凶悪な呪いのように心にのしかかる。思考を巡らせるたびに覚悟を決めないと、直視できないほどに。

戦争という、ありとあらゆるもののなかでもっとも忌まわしい愚行は、その周囲にも正体不明の不気味な影をたくさん生みだしている。

二〇二二年五月、現代ロシアでは禍々しい軍事祭典の日となってしまった「対独戦勝記念日」に、街角でウラジーミル・ヴィソツキー（一九三八～八〇、詩人、歌手、俳優）の歌『「中央」部隊の兵士』（一九六五）を流しただけで逮捕され罰金を科せられた人がいた。だが奇妙なことにその問題の歌とは、ほかでもない第二次大戦をうたった歌なのである。もし少しでも自由な言論というものが残っていたならば戦争を振り返る日に流してなんの問題もないはずだが、権力側からしてみれば歌詞がまずかったらしい。この歌詞はドイツ兵の視点から書かれているのだが、「ヒトラー」や「スターリン」といった人名はもちろんのこと「ドイツ」や「ソ連」といった国名も登場せず、大戦を具体的に彷彿とさせる言葉は一切出てこない。そのうえ、兵士たちに向かって繰り返される号令にもドイツ風の要素はなく、ソ連軍で（そして現在でもロシア軍で）日常的に使われる号令になっている。さらに「いつも元気」で「すべての覚悟ができている」頑丈で勇敢で素朴な兵士というのは、一般に浸透していたソ連兵のイメージそのものだ。そして兵士たちはただ黙々と「焼け焦げた」「ウクライナを」行軍し、次々に「英雄」として「天国へ」と消えていく。「考えなくていい！　僕たちの代わりに誰かさんがすべてを決めているんだから」……。

侵略者の視点、ロシア語の号令、ウクライナでの行軍、英雄、そして天国……とくればおのずと、二〇一八年にプーチンが発言して物議を醸した「我々は殉教者として天国に行けるが、奴らはくたばるだけだ」という言葉が想起され、そのほかのすべても現代とつながってしまう。つまりいま聴くとこの歌詞は、ウクライナ侵攻に送り込まれたロシア兵が、天国に行けると信じ込まされ、考えることをあきらめて死んでいくように聞こえるのだ。そしてそのために、この歌を流した人物は「ロシア軍を侮辱した」罪で捕らえられたわけである。

ヴィソツキー本人さえ墓から掘り返して逮捕しかねない（生前ハムレットの役が誰よりも似合ったヴィソツキーが、こんどはハムレットが手に持つ骸骨の役をやることになるのだろうか）政府による、何重にも奇妙な逮捕劇ではあるが、それにしてもこの曲があまりにも現代の状況に合ってしまうのは、いったいどうしてなのだろう。

歌詞には第二次大戦を示唆するような具体性がないだけではなく、「ウクライナを」行軍しているドイツ軍は独ソ戦の史実としてよく知られている「南方」部隊

（南方軍集団）ではなく、「中央」部隊となっている。ヴィソツキー本人はそれを「そのほうが音の響きがいいから」などと説明していて、これまではそれらが歴史的イメージとずれているとして疑問の声もあったが、いまでは「ヴィソツキーはあえて史実を反映させずに書いたのではないか」「現代を予言したのではないか」と語る声も出てきた。予言といってしまうと語弊があるが、意図的に史実からずらして書いたという点についてはほぼ間違いない。

もともと、戦争を相手国の兵士の視点から書くこの歌は、ヴィソツキーが作詞した当時からもちろんありふれた内容ではなかった。ヴィソツキーはタガンカ劇場での終戦二十周年公演のためにこの曲を書き、自らヒトラー役とチャップリン役を演じている。そしてヒトラーは、ヒューマニズムと人権と文化を潰す存在として描かれる。

ヴィソツキー本人に現代を予言するつもりがあったとは思わない。一九六〇年代のソ連において、ロシアとウクライナが戦争をするなどということは、火星人と土星人が戦争をするより荒唐無稽で絶望的な展開だった。ヴィソツキーはただ、決して戻ってはいけない残虐な時代を、そのとき可能なかぎりの表現を用いて提示しただけだ。スターリン批判と雪どけのあととはいえ、国家に対する批判を大っぴらにやるわけにはいかなかった時代に、あえてドイツという設定を選んだうえで、そこからドイツの一般的なイメージを完全に払拭し、批判すべき最も重要な要素だけを残した。その結果、人権と文化を踏みにじり、人々の代わりにすべてを為政者が決める強権国家、「英雄」として「天国」へ行けるとそそのかして市民を戦争に送り込む卑劣な権力、足を踏み出せば死ぬとわかっていながら行軍し考えることをやめるしか道が残されていない兵士といった、つまりはスターリン政権下のソ連も含め、市民の人命や人権を蔑ろにするすべての国家に共通する根本的な悪を描きだすことに成功した。それが結果的に、現代の戦争にも当てはまったということになる。

それを「予言」と思えるような時代がきてしまったのは偶然でもあり必然でもある。ヴィソツキーはドイツ軍を描きながらそこにソ連を投影し批判するという離れ技をやってのけるために、史実に対する一般的イメージや指導者像といったものをすべて削りとり、結果的に戦時における「敵対国家」という強烈な社会的二項対立を見事に脱構築しているからだ。その汎用性が現代の「予言」につながった。ここでは国と国が戦っているのではない。人類が戦争と戦っているのだ。つまりはこうしたこと（見せかけの対立を意識のうえで無効化し、ひとりひとりの命や人権を疎かにしないことに集中する）によってのみ、どちらがいい悪いではない、「戦争」そのものに対する批判に目を向けることができるということだろう。

ヴィソツキーのような人が世界にたくさんいては戦争は成り立たない。そのため戦争をしようとする権力は、この種の本質的な「戦争そのものの悪」から目を逸らさせるために、あらゆる手立てを企てる。軍を増強し国民を管理下に置き憲法や法律を無視して権力者の意向を押し通そうとする側は、同じような価値観を共有し市民をコマ扱いすることになんの躊躇も持たない代わりに軍事用語や兵器の知識にだけは長けた御用学者を重用し、専門家としてもてはやそうとする。あらゆる戦争に共通する悪辣な構造に注意を向けさせず、それぞれの局面における微細な特色を、あたかもそれこそが本質であるかのように見せかけ、それが「無知な市民は黙っているべきだ」という強烈な圧力につながっていく。

しかし戦争でまっさきに犠牲になるのは、むろんその黙らされた「無知な」市民である。私たちは権力者や軍人の好む類の「知識」が不足しているからという理由で、反戦を訴えてはいけないなどと思い込まされてはいけない。ある局面の知識がある人間はない人間よりも「正しい」判断ができると思いあがり知識をひけらかす人物に対して、萎縮などしなくていい。

戦争そのものの悪は、局面によって大きく変化するような性質のものではない。もう二度と戦争をしないと誓った人類が戦争をするとき、権力は戦争の卑劣さや汚さや自らの罪を嘘だのでっちあげだのと叩いて忘却させ、あたかも民主主義や人権意識のほうが戦争よりも愚かであるかのような風潮を作りだす。そして仮想の敵のイメージを練りあげ、ころあいをみてそれを「ほんとうの」敵としてすりかえて認定し、公に表明することによって仮想の敵だった相手に敵意を植えつけてほんとうの敵対関係を生みだし、武力を増強していつでも戦える状況を整え、言論の自由を弾圧し、権力に異を唱える者をことごとく裏切り者やテロリストと認定し、「祖国」を「守る」ことを呼びかける。

そんなふうに自ら愚かしい戦火の火種を大事に育てる国家が世界中に増殖していく時代がある。はたして幾度、同じ道を通るつもりなのだろう。彼らの滑稽なところは、ほとんど決まって「ひと昔前の民主主義」より自分たちのほうが新しいことを言っていると思い込んでいる点だ。近視眼的な経験則しかもたない彼らは、まるで「ひと昔」前のさらに前に、自分たちそっくりの「大昔」の過ちがあることを知らないとでもいうように「ひと昔」叩きに熱中するあまり、社会を戦火に放り込もうとしていることにすら気づこうとしない。

すでに失われた多くの命を悼む悲しみに、さらなる戦争に向かって軍隊を増強する時代の悲しみが重なっていく。重層化した悲しみの音が耳に届くようになる。サーシャ・フィリペンコの『赤い十字』で、大戦の開戦時に夫を戦争にとられたヒロインが、リストの『ハンガリー狂詩曲』を聴きなおし、すべてが戦争の音に聞こえてしまうというシーンがある――「かつて微笑ましく聴いていたパッセージの戯れも、不条理で荒唐無稽で喜劇的な、始まりゆく戦争の悪魔的な愚かしさに聞こえた」……。その驚きは人に言葉を失わせる。二〇二二年の二月に「平和」と「反戦」を訴えていた世界中の優しい良心の持ち主たちの声が、心もとない不安な沈黙に変わっていく。あるいはもっと悪い場合は、すでに戦争を続けようとする側の押しつける解釈に呑まれてしまっている。

だがそこにもまた慮るべき個々の人々の心理がある。

悲しみを直視できないとき、その悲しみは悲しみのままではいられなくなる。あまりにも強い悲しみは、じりじりと心を蝕み気力を食い尽くしていく。ほうっておけば、起きて食べて活動をして寝るという、最低限の生きる行為すら満足にできなくなりかねない。最も楽に悲しみから逃れる方法は、それを憎悪や敵意や攻撃性に変えてしまうことだ。前者と後者には、矛先が自分に向かうか他者に向かうかの決定的な違いがあるものの、どちらも負の感情であるがゆえに親和性があり、転化が容易にできる。悲しいという受動的な心の状態を、なにかを憎み攻撃するという能動的な状態に転化することで、一時的にでも負の感情の矛先を自分から逸らすことができる。そして悲しみから受ける心理的ダメージからひとまず逃れ、生きているだけで心が蝕まれ続けるようなつらい状態からだけは脱することができる。だからこそ戦時中のプロパガンダはいつも、人の悲しみを煽ったうえで、それを「戦争」ではなく「敵」への憎しみに転化させ、敵を憎み殺せと吹き込んできた。そうして「憎み殺す」ことで負の連鎖が生まれるという当然の帰結からは、全力で意識を逸らさせようとしてきた。

いま起きている戦争をそこまで身近には考えられないという人もいるだろう。しかし戦争が長期化し、世界各地の軍隊が肥大していくにつれて、この問題は現時点の実戦地から遠いところにいる人々をも次々に呑み込んでいく。社会不安の影はさまざまな形でしのびよる。軍事費に圧迫され税金があがり、生活が苦しくなる。社会保障が削られ、安心して年老いることすらできなくなる。国の管理体制が強化され、市民が監視下におかれる。不安が蔓延する。人の関係からあたたかさが消えて些事によって諍いが起こり、ちいさな負の連鎖が随所で生まれる。人々は孤立し、

「個人的な」不幸が増える。しかし人の不幸や悲しみは、それがいかに個人的で私的なものであったとしても、必ずどこかでその人が生きている社会とつながっている。その関係に気づくことができず、戦争や軍拡に対して無自覚であればあるほど、行き場のない正体不明の悲しみをひとりで抱えてしまうケースも増える。手近で安易な「理解」でもいいから、心のどこかに名前のついた箱を作ってそこに不安や悲しみを入れて鍵をかけてしまわないと、不安もやはり少しずつ人を蝕んでいく。権力はその不安につけいって、ここぞとばかりに都合のいい「理解」を押しつけようとする。

冒頭に掲げたアフマートワの詩にあるように、悲しみは強い感情だ。人権を踏みにじられ無惨に失われた命に対して哀悼の悲しみが生じるのは人としてごく自然なことでもある。戦争とはまったく別の原因によって抱えきれない悲しみを抱えてしまった場合にしても、悲しみを抱えたこと自体に非があるわけではない。その悲しみを他者に対する憎しみや攻撃性に転化しようとする力にだけは屈してはいけない。憎悪と攻撃性が新たな悲しみによって憎しみの連鎖を生むものであるかぎり、いかなる理由があっても「正当な」憎悪などありえない。

それでも悲しみが大きすぎて耐えられなくなりそうなときは、その「強い」感情を、憎悪ではなく問題意識に転化し、戦争そのものに、人を殺す兵器に、人権を無視する社会構造に向け、人の「尊厳」と「ことば」によって、未来を探っていけばいい。

大丈夫。人はこれまでもそうして強い悲しみを抱えながら、それゆえに少しでも個々の人々の権利を守ろうとしてきたし、その軌跡はたくさんの本に描かれている。ただ人間はあきれるほど忘れっぽく、目新しいことを言っていると思い込んでいる人物に限って過去の過ちを繰り返すというだけのことだ。けれどもそうして戦争がおこなわれるというのなら、文学は何度でも考え直し、示してみせよう。それは憎しみの連鎖を止めるための、人類の大切な共有財産だ。戦争の本質的な悪を、身勝手な権力の構造を、そこから生まれる社会の不安や管理社会の息苦しさを、無念な市民の思いを、恐れずに語り続けよう。

土のなか

土あそびの好きな子供だった。ごく幼いころの記憶を辿ると、やはり私は土を掘っている。そのころ通っていた（埼玉県所沢市の）幼稚園は自由な教育方針で知られていて、先生たちは基本的に園児を見守っているだけで、園に来た子供たちは絵本を読んでもごっこ遊びをしても園庭を駆けまわってもよかった。たまにみんなで絵を描いたり、やきいも大会をしたりというイベントはあったけれど、それ以外の日は園にいるあいだじゅうずっと自由時間だ。園庭のすみには大人の背丈より少し高いくらいの土の山があって、いつでも登ったり穴を掘ったりできる。私もほかの子供たちもよくその山に登っては勢いよく駆け降りたり、かくれんぼでかげに隠れたりして遊んでいたけれど、その山にはもうひとつ、大事な特徴があった。

土の質が、場所によって違うのである。もともと子供たちに好き勝手に掘られてそこかしこが穴だらけになっていたが、なかでも人気なのはきめ細かい粘土質の土が出る場所だった。その土は、ぱっと見からして違う。黒々として柔らかく、少し水を加えて練ると工作用の紙粘土も顔負けの、パン生地のように扱いやすい感触になる。ハート型にしてもいいし星型にしてもいいし猫ちゃんやくまちゃんを作ってもいいのだけれど、私は球体を作る。

まずはそっとその黒い土を掘りだしてまわりの別種の土を取り去り、よけいな砂粒が入らないように指でなぞりながらほんの少しずつ水を含めて丸め（まちがっても水は入れすぎちゃいけない）、子供の両手で握れるくらいの大きさのおだんご状にする。こねて丸める感触が好きで、はじめはただ泥だんごを作るだけでも楽しかったけれど、あるときその泥だんごが乾くととても硬くなることに気づいた。それから、大事になでているとつやつやしてくることにも。園の先生に見せて「あら上手、すごいわねえ」とほめられていい気になった私は、もっと硬くてぴかぴかの泥だんごを作ってやろうと意気込み、それからは登園するなりまっしぐらに山に向かって泥ばかりこねる日々を続けた。そして、とうとう満足のいく泥だんごができるようになった。まずは黒い土で凸凹のないなめらかなまんまる泥だんごを作ったら、何歩か歩いて砂っぽい土のある場所に移動する。そして思い切って、作った泥だんごに乾いた砂をかける。黒々としていたおだんごが白い粉をかぶったようになったら、余計な砂を払い、指でそっとなでていく。するといったんは白くなったおだんごがまた黒くなってくる。だんだんと細かい砂のある場所に移動しながら、その作業を繰り返す。最後におだんごを大事に持ったまま山を離れ、園でいちばん細かく乾いた「しあげのすな」のある場所に行く。その砂をかけ、なおもそうっとやさしくなでまわしていると、おだんごは輝きはじめる。土でできているとも思えないほどぴかぴかに光るその泥だんごは、試しに落としてみても割れない。じきに「ゆりちゃんのおだんごすごいね」と、ほかの子や先生も真似して作ってくれるようになり、「きんてつだんご」というえらそうな名前までつけられた。誰が最初にそう呼んだのかは覚えていないけれど、「きんてつ」は漢字で「金鉄」と書き、とても硬いものを指すと知ったのはずいぶんあとだから、幼稚園児の私がつけた名前ではないことは確かだ。

　ふだん周りの子供の輪から微妙に外れていて言葉数も少なく、人気者とはほど遠かった私は、初めて家族以外の人たちに自分の作ったものを認められた気がして嬉しかった。ずっと大きくなって、同じような手法で作る硬くて光る泥だんごの作りかたがにわかに流行したらしく、テレビで紹介されているのを見た母に「あら、あなたが幼稚園で作ってた『きんてつだんご』じゃないの」と言われて驚いたけれど、そのころはもう、些細なことで幼少期にほめられすぎた思い出がくすぐったくて、自意識から切り離したいと思う程度には思春期だった。

でも、それまでもそれからも土は好きだった。

小学校二年生のころ、学校で初めて「詩を書いてみましょう」という宿題が出た。私は「詩」とはなにかがよくわからず、まわりの大人に聞いてまわった。そして「数文字ずつで行替えのある文章（でもそうじゃない詩もある）」とか「好きなことを好きなように書く（好きじゃないことを書いてもかまわない）」とか「感じたことを素直に言葉にする（逆にひねくれていてもいい）」とか、いまいち正解のなさそうなアンビバレントな定義ばかりを教えてもらった私は、よくわからないなりに、つまりは好きなものを見て考えてみればいいのだと思い、当時大好きだった本をひらいた。それは自然と動植物の春夏秋冬を絵本形式で説明した半ば図鑑的な本で、それぞれの季節ごとに、空から地中までが断面図のようになっており、飛ぶ鳥や草木や動物の絵と名前と、彼らの生態の説明がページいっぱいに広がっている。そのなかでも特にすばらしかったのは春がくる少し前の季節を描いたページで、ほかのページよりも土の断面図の面積がかなり大きく、土のなかにいる動物がたくさん描かれていた。

なぜだかわからないけれど、私はこのページがものすごく好きだった。それで初めて「詩」というものを書いた。「土のなか」という詩だ——土のなかにいるのは、アリやモグラだけじゃない。なになにグマも、なんとかネズミもいる。ううん、もっともっとたくさんいる。それで、みんなが土のなかで「春はまだかな」「もう少しかな」って、待っているんだ。

そんな詩だった。その詩が当時住んでいた所沢市か埼玉県かのなにかの賞をとって、地方自治体の出す広報誌で活字になった。一家そろって貧乏学生のような（つまり団地暮らしでお金はないけれど出版物全般が好きな）わが家の両親はとても喜んでくれて、この詩の思い出もずいぶんと私を甘やかしてくれた。

だけど長らく私はあの詩にもやもやとした後ろめたさを感じていた。だって、あそこに書いた知識は図鑑から得たものだからだ。たぶん——と私は想像する。知らない人があの詩を読むと、まるで小学二年生の私が珍しい動物の学名を言えるすごい子供のようにみえるんじゃないだろうか。でも、ほんとうはいまだに「なになにグマ」「なんとかネズミ」という程度の認識なのだ。生き物に詳しい博士のような子供だったからあの詩を書けたのではなく、土のなかにあこがれて、調べて書いた生物名なのだ。もし詩が「好きなことを好きなように」書いた結果として自然に生まれるものなら、図鑑から得た知識を並べるなんて不誠実なんじゃないだろうか、と。

その答えはなかなかみつからなかった。みつからないというよりも、どう探したらいいのかもわからないまま漠然とした罪悪感を抱えていた。詩を書かされる機会も、自分で書こうと思う機会もそれ以降はほとんどなかった。当時の日本で（おそらくいまも）、現代詩を書こうと思いたつ子供は、よほどの環境がない限りあまりいないだろう。大きくなるまで、詩は私にとってはあいかわらずアンビバレントなよくわからない代物だった。だから、「詩」というものが一般的なイメージよりもずっと多様で、「詩は知識のテストじゃなく、動物の名前を図鑑で調べてもなにも後ろめたいことなんてない」とあらためて思えるようになるのは、ロシアで文学大学に通うようになってからの話になる。あれは、気づけてよかった。心底ほっとした。

話を子供のころに戻すと、次に好きになったのは化石だ。小学校の三、四年生のころ、たまたまとなりに住んでいる友達のお父さんが地質学者だった。それで、近所の中学校の崖から土を採取して貝の化石をとりだすという体験をさせてもらえて、さらさらと水で洗っていくと無数に出てくる小さな貝殻に目を奪われた。目の前の崖から出る貝の化石が、いま自分がいる場所が海だった証だなんて。それで、考えた——土のなかには、土の上にいるだけでは見えないものが住んでいるわくわくがあると思ってたけど、もうひとつ、いまは見ることのできないずっと昔のことを知るわくわくまで埋まってるんだ、と。つまり大人になったいまの言葉でいうのなら、土の秘密は空間だけじゃなく時間をも超えてしまうのである。

土が出てくる本や絵も好きで、とりわけ土を耕す場面や土の匂いが描かれる箇所が好きだった。農作業を描くトルストイの文章も、イリヤ・レーピンが描いた「畑を耕すレフ・トルストイ」の絵も（ピンとこないかたは、レーピンの日本語版ウィキペディアにも載っているので、ぜひ画像を見てほしい）。

ロシアに渡り大学に入ってからは、さすがにじかに土に触れる機会はほとんどなかった。モスクワという都会にいたせいもあるし、長い長い冬には触れるどころか、土は雪に埋もれて目にすることすらあまりなくなってしまう。

ところがこのとき、私の目の前に別の次元の「地中」があらわれる——「地下出版」と呼ばれるソ連時代に禁止されていたアンダーグラウンドな出版物の世界である。ソ連時代のものは「サミズダート（自家出版）」や「タミズダート（国外出版)」と呼ばれることが多いが、ともかく帝政時代から検閲の厳しいロシア語圏では、プーシキンが書いた詩が検閲で出版できずに手書きで書き写したものが人から人へと広まったり、ソ連時代ならタイプライター打ちの原稿を冊子状にしたものを「一晩いくら」で貸し借りしあったりと、公には活字にできないものをひっそりと読み継ぐ文化が発展していた。地下出版が超えるのは文化弾圧の壁である。

　ソ連時代の地下出版物の多くはソ連崩壊後の一九九〇年代に大々的に印刷されて自由に読めるようになり、広く愛読される。

　しかしそんな「自由」を喜んでいたのもつかのま、二〇〇〇年代以降のロシアはふたたびあれよあれよというまに言論の自由が弾圧され(「ロシアの言論はいかに弾圧されたか」『新潮』二〇二三年四月号)、ロシアやウクライナの友人たちは生まれ故郷を追われてあてどなく彷徨ったり、冬ごもりの動物たちのようにじっと耐えたりするしかすべのない日々を強いられている。

　私もまた、彼らとともに土のなかにいるような気持ちでいる。どうしても、陽の光をまっすぐに浴びてもいいんだ、という気になれないままで。

　けれども少し前(二〇二二年の秋)に、『源氏物語』を十五年かけて原典からロシア語に完訳したタチヤーナ・ソコロワ=デリューシナ先生(モスクワ郊外在住)

にメールで連絡をとり、宇治市での講演のために好きな文学作品などについてインタビューをした際、悪夢のような時代だからこそ、こうした文化的なつきあいは些細なことでもとても大切だ、という返事をもらい、はっとした。そういえば、学者同士の交流や共同研究も、立ち消えになってしまったものがたくさんある。航空券は倍以上に値上がりし、現実の交流は金銭的にも困難が増している。そんな状況も、土のなかにいるような感覚の一因なのだろう。

だけどこの土のなかでこそ、新しい物語をあたためよう。ぽたんぽたんと雪が溶ける、あの幸せな音とともに春の陽を浴びて、冬ごもりの私たちがなまった体でのびをして、外に出ていくときのために。さいわい、インターネットの発達のおかげもあって、私たちはまだ地中からでも、手を伸ばせばつなぎあえるのだから。

ああ、春はまだかな。

道を訊かれる

水道橋駅の前を後楽園のほうに向かって歩いていると、七十〜八十代くらいの男性二人組に声をかけられた。

「すみません、上野駅にはどうやって行ったらいいですか」

水道橋から上野までは、歩いていくには少し距離がある。しかし電車となるとJRにしても地下鉄にしても乗り換えが必要でややこしい。とりあえず、

「上野駅、ちょっと遠いですよ」

と返すと、

「いいんですいいんです、今日は歩いているうちに気分が良くなってしまって、もういっそたくさん歩こうということになったんですよ」

と、闊達な笑顔で答えてくれた。となりの人も笑っている。

「このままっすぐ行って、後楽園駅のところの十字路を右に曲がって、坂を登って本郷からは坂を下って、ずーっとまっすぐいくと上野です」

と、指で示しながら答える。歩くのであれば曲がり角は一度しかなく道順は簡単だ。空を見上げれば確かに見惚れるほど晴れわたっていて、こんな日に仲のよい友達とどこまでも歩くのはさぞかし気分がいいだろうと、うらやましく思いながら彼らを見送った。

それからしばらく経ったある日、うちの近所を歩いていると、「あの、すみません」と五十〜六十代くらいの女性に声をかけられた。

「このへんに幼稚園はありませんか」

近くに幼稚園はいくつかあるけれど、少なくともそのとき歩いていたところから半径数十メートル以内にはない。

「幼稚園って、どんな感じの幼稚園ですか。教会と一緒になってる幼稚園ならわりと近くにありますが……」

と答えると、

「うーん、あの、道のこっち側にあったのは覚えてるんですけど（と、身振りで道の反対側を示す）、この通りじゃなかったかな……もう一本むこうの道だったかしら」

と返ってくる。幼稚園を探しているからにはなにか具体的な目的がありそうなものだけれど、この人はまるで以前たまたま見つけておいしかったパン屋でも探しているような雰囲気だ。おまけに道のどっち側にあったかは覚えているのにどんな道だったかは覚えておらず、幼稚園の名前もわからないらしい。なんだかロマンのある探しかただ。私はとりあえずそこからいちばん近くにある幼稚園への道順を教えて別れた。

昔から、やけに人に道を訊かれる。あんまりしょっちゅう訊かれるので訊かれること自体には慣れたものの、私はよほど近所でない限りは道に詳しいわけでもなく、たいていは的確に教えられた自信もない。さきほどの幼稚園を探していた人も、ほんとうに見つけられたのかが気になっている。役にたっていればいいのだけれど。

ぼうっとして歩いているから話しかけやすいのかもしれない、と昔は思っていた。けれども、少なくとも自分ではぼうっとしている自覚のまったくないような瞬間にも、実によく話しかけられる。

そのことが自分のなかで決定的になったのは、ほとんど海外に行ったことのなかった私がいきなりロシアの大学に行こうと決意して渡航し、ペテルブルグという街に着いたころのことだ。大雪のための飛行機トラブルでスーツケースが行方不明となり、この先ここで一年を過ごさなくてはいけないのにとりあえず手元に残っているのがごくわずかな手荷物のみで、（せめてなにか、なんでもいいから食べるものを探さなければ……）とマイナス二十度のなかを近くのスーパーに買い物にでかけた。「近くのスーパー」とはいえ、そのときの自分にとっては未知なる島を探検するような気分である。手元にある両替したばかりのルーブル札が本物のお金なのかどうかの自信もなく、地元横浜で買い揃えた防寒具が果たして寒さから守ってくれるのだろうかという不安を抱えて寒風にさらされながら歩き、スーパーというよりは倉庫のような、屋根のある卸し市場のような店（こういうスーパーは二〇〇五年以降のロシアではあまり見かけなくなった）にどうにか辿りついた。店には看板にも棚にもキリル文字がずらりと並んでいて、それまで教科書や本でしかロシア語を見たことがなかった私は「ロシア語ってほんとうに使われているんだなあ」とにわかに嬉しくなる。とそのとき、すかさず背後にいたおばあちゃんから声をかけられた。

「この店、レジが見当たらないんだけど、どこだ？」

えっ、レジ、レジは……、

「たぶんあれです！」

と、店員さんのいるレジらしき場所を指さして答える。おばあちゃんは「あれがレジなもんかね」とぶつぶつ言っている。そんなことを言われたって、私にもわからない。だって直行便のない東京から飛行機で二日かけて昨日どうにか辿りついたばかりの、まったく知らない場所なんだから。

少しあとになって知ったのだけれど、当時のペテルブルグにはまだ古いソ連式の、つまりはいったん売り場で買うものを決めたあと「受付窓口」に行って買いたい品物を告げてお金を払い、支払済証明書を受け取って、その証明書と商品を交換するためにふたたび売り場に向かうというまどろっこしいシステムが生き残っていて、ネフスキー大通りの一部商店でもその方式をとっていた。その「受付窓口」とスーパーの「レジ」は同じ言葉（カッサ）のわりにはだいぶシステムが違うので、旧式に馴染んだ人々は戸惑ったという。ソ連崩壊から十年が経っても、当時のペテルブルグには現代のようなスーパーはまだ多くはなく、旧式の小売店や市場や闇市のような露店がたくさん残っていた。

さて、その次にスーパーに行ったときも、また前回と同じくらいの年齢のおばあ

ちゃんに、こんどは、

「あんた、目がいいだろ」

と話しかけられた。まあ、確かに目は見える。おばあちゃんは、

「ここに添加物が入ってないか、見てくれないか」

と、瓶詰めを差しだしている。私はななめに貼られたシールの「原材料名」の小さな字に目をこらし、そのまま読みあげていく。「きのこ、マリネ液（水、食酢、砂糖、塩）、クエン酸……」。ひととおり読み終えるとそのおばあちゃんは、

「大丈夫みたいだね。まったく最近はとんでもない化学物質が入っていたりするから……」

と言いながら瓶を買い物カートに入れて押していく。

そんなふうにして、ペテルブルグに着いたばかりの数日間、私は少なくとも自分としてはぼうっとしていたつもりどころか気持ちに余裕があったわけでもなく、むしろかなり緊張していたはずなのだけれど、それでも人によく話しかけられた。多少戸惑いはしたものの、あのおばあちゃんたちにとって私は少なくとも「そのへんにいそうな若い人」にみえる（つまり異星人にみえているわけではない）し、なんならレジの場所や添加物の有無を教えてくれそうな人にもみえるのかもしれない、

と思うとなんだか嬉しくて、ちょっとした自信にもなった。ここでやっていけるかもしれない。もし困ったことがあったら私もあんなふうに、人に訊いてみればいいのかもしれない、と。

着いたばかりの異郷で「外国人にみられない」のは、少し不思議に思えるかもしれない。あとになってロシアに滞在したことのある人たちに訊いてみると、「たいてい外国人にみられる」という人と、「あまりみられない」という人がいた。これはまあ、なんとなくわかる。たとえば外国で流行しているファッションに身を包んでいればいかにも外国人らしくみえるだろうし、カメラを持って観光地の写真を撮っていれば「観光客です」という看板を掲げて歩いているようなものだ。当時のペテルブルグでは観光客とみられるとロマにとりかこまれて財布をすられるという話もあり、ガイドブックや留学の手引きには「なるべく現地になじむ服装や行動を心がけるように」と書いてあった。私はとくにがんばって現地になじむ格好をしたわけでもないけれど、もともと日本でも流行の服を好んで着るほうではないし、寮で同じ部屋にいた、ペテルブルグ大学に通う女子学生のユーリャのおすすめの古着屋で買った服を着てみたり、おさがりをもらったりしていたおかげで、だいぶなじめたような気はしていた。だからなのか、その後も一日に一度は話しかけられるのではないかというくらい、街で人に話しかけられ続けた。

とくに多かったのが、やっぱりおばあちゃんである。あるときなど背後から、

「ちょっとあんた！」

と呼び止められ、

「歩きかたがなってないわよ。ちゃんとまっすぐ足を出しなさい」

と言われて、そのまま「おばあちゃんの歩きかた講座」がはじまってしまった。自分でもわかってはいるのだけれど、私は片足が少し内向きに傾く癖がある。（それにしても、よくそんなことに気づいてくれたな）と思いながら、私はそのおばあちゃんの示すまま、「ほら、こうよ、こう」「こう？」と、一歩一歩、雪の上に足あとをつけながら小学校のわきの路地を一緒に歩いた。道端で初めて会ったおばあちゃんに歩きかたを教わるなんて、なかなかできない体験だなあ、と思いながら。

けれどもペテルブルグでしばらく暮らしたのちにモスクワに移ってみると、どうやら私が「外国人にみえない」のは、ロシア語圏の人からだけではないらしいということがわかってきた。街なかで突然、知らない言語で話しかけられることがある。つまりロシアで暮らしながら異なる言語を母語とする人が、「自分と同郷の人では？」と母語で話しかけてくるのだ。それも、人種や骨格がだいぶ違うと思われ

る人たちが、である。これがたとえば韓国や中国からの留学生に韓国語や中国語で話しかけられたとしてもとくに驚きはしないし、そういう機会も間々あったとは思うのだけれど、それよりも多かったのは、カザフスタン、アルタイ、シベリアや北ロシアの少数民族、その他の旧ソ連圏の人々で、どういうわけだかアルメニア人にアルメニア語で話しかけられたことも三度ある。（はたしてアルメニアに私のような人がいるのだろうか）と不思議に思ってもみたが、当時の私の学生証をみると、ぎょろりとした目でやたらと深刻な表情をしていて、確かにどこの人だかまったくわからない。それにロシアは日照も少ないうえに当時は地下鉄や大学を含めてどこも照明が暗かったから、晴天の昼の屋外でもない限りは常に薄闇にいるような感じで、人を認識するのは外見というよりは雰囲気や感覚頼みだったせいもあるかもしれない。

　そのうち、モスクワの雑踏のなかで見ず知らずの人が私を見て「あっ！」と、まるでいいものを発見したみたいに目を輝かせ、まったくわからない言葉で「○△□○◇？」と話しかけてくると、（あ、まただ）と、相手の言葉はわからずともなにが起きているのかはわかるようになった。向こうもロシア語がわからないわけではないので、ロシア語で「ごめんなさい、わからないです」と返せば、少し残念そうにしたあとで、どこから来てなにをしているのかをロシア語で私に尋ね、自分のことも話してくれる――あのね、あなたは私の故郷の人だと思ったの。いま私は大学院生で、あるいは出稼ぎで、あるいは故郷を出てモスクワの人と結婚してここで暮らしていて……などなど。

　そういう話を聞いているうちに、どうして私が留学生からよりも彼らからよく話しかけられるのか、少しだけわかってきた。留学生というのはたいてい滞在期間が決まっているし、同じ大学から来た学生や、同郷の友達といった仲間がいることも多い。ところが私に話しかけてくる人たちは、これからどのくらいの期間モスクワにいてどうやって生きていくのか、手探りの状態の人たちが多かった。私もおそらく彼らに近い雰囲気をかもしだしていたのだろう。モスクワの生活にはすっかり慣れていたけれど、あとどのくらいここにいるのか（文学大学卒業後は東京に戻るのかどうかも）決めておらず、この先いつどこでどんな困難が待ち受けているのか予測もつかない。だけど不安や寂しさなんて感じてやらないぞ、と、いつもどこかで気を張り続けている。その似たような雰囲気が、私とその人たちをつないでくれていたのかもしれない。

　相手の母語で話しかけられる。あのひとときの出会いが私はとても好きだった。

どこの人に何語で話しかけられても、母語が通じると思ってくれることほど嬉しいことはない。だって私を見て、「あ、あの人は自分と同じ雰囲気だ」とか、「親しい人に似ている」とか感じてくれているのだから。実際、「故郷で仲の良かった友達に似ている」と言われたことも多々ある。その期待に応えられないことについてはいつも「がっかりさせてごめんね」と申しわけなくなるのだけれど、でもそれでもまじまじと私を見つめ、「うん、やっぱり似てるよ」なんて言ってもらえると、世界のどこかに友達がひとり増えたような気がする。

　東京に戻ってからもうずいぶん月日が経つ。いまでも私はよく人に道を訊かれるが、わからない母語で話しかけられることはほぼない。

　たまに、懐かしい友達を思いだすみたいに、あのころのモスクワで私に母語で話しかけてくれた人たちはいまどこでなにをしているだろう、と考える。それから世界のどこかにいるはずの、私にちょっと似た人たちのことも。

つながっていく

二〇二二年、ありがたくも著書『夕暮れに夜明けの歌を――文学を探しにロシアに行く』が紫式部文学賞を受賞し、私は京都の宇治市へと講演にいくことになった。

講演のテーマは基本的に自由だったが、せっかく紫式部の名を冠した賞をいただいたのだからと記憶を辿ると、日本文学には縁遠いはずと思っていた自分でも、すぐに思いだすのはタチヤーナ・ソコロワ＝デリューシナ先生のことだ。先生は一九四六年生まれの日本文学研究者で、数々の古典文学を原典から翻訳している。そのうちのひとつが『源氏物語』で、翻訳が完成したのは一九九三年。それまでにも『源氏物語』にはニコライ・コンラドが翻訳した抄訳があったが、原典から完全に翻訳したのはデリューシナ先生が初めてだった。このデリューシナ先生は、私がモスクワの大学に通っていたころ、外国文献図書館というところで短歌や俳句の勉強会をひらいていた。私は趣味で日本語を勉強している友達のマルーシャに連れられて何度かその勉強会におじゃましたのだが、初めてデリューシナ先生にお会いしたときの、詩歌に対する愛そのものがしゃべっているかのような雰囲気は強烈に記憶に残っている。デリューシナ先生は『源氏』の登場人物のひとりひとりを親しい友達のように紹介し、ロシア語圏からみたときの「詩」のイメージ（基本的に脚韻があり、朗読によって音で訴えかける）と、日本語の和歌がどう違うのかについて、丁寧に解きほぐすように語っていた。『源氏物語』の原典などとても読みこなせる自信のない私にとって、それは母語で書かれた文章が別の言語で生き返るような出来事だった。つまりは「文学を探しに」いったロシアで、私は母語の文学についても、自分よりはるかに詳しい人を知ったのである。

　モスクワの大学時代について書いた本が紫式部の名を冠した賞をいただいたのなら、デリューシナ先生の話をするのがいちばんいいだろう、と思った私は、早速デリューシナ先生にメールで連絡をとった。以前お会いしたとはいえ、そのときは勉強会の教室のすみっこにちょこんと座って黙ってお話を聞いていただけで話しかけることすらできなかったので、先生は私を認識もしていなければ、日本人が聞きにきていたことすら気づかなかったのだろう。連絡先も知らなかったので、デリューシナ先生を日本に招聘したことのある沼野充義先生にメールアドレスをお聞きした。私はデリューシナ先生にそのいきさつから説明し、こんど宇治市で講演をすることになったのでお力をお借りしたい、できれば好きな文学作品などについてインタビューを頂戴し、それについて話したいと頼む内容のメールを書いた。それから少し考えて、やはりいま（二〇二二年の秋）戦争をしている国の首都であるモスクワにいる彼女がどうしているのかが気になり、たいへんな時期にこのようなお願いをして申し訳がないけれども、と付け足した。

デリューシナ先生は二つ返事でそのお願いを受け入れてくれ、「ほんとうに、悪夢のなかを生きているような時代だけれど、だからこそ些細なことでもこうした文化的なやりとりがとても大切に思えます」との返事をくれた。ほわん、と心があたたまる気がする。悪夢のなかを生きているような時代だからこそ、大切なこと……。

それからしばらく、毎日一通ずつデリューシナ先生とメールでやりとりをした。まるで文学大学の同窓生と話しているような雰囲気で、気さくに話を続けてくれる。好きな文学作品を聞くと、ロシア文学ならプーシキンの『大尉の娘』からはじまり、現代ならミハイル・シーシキンが好きだというので、それは私が日本語に翻訳したと話して盛りあがる。日本の近代文学なら夏目漱石や宮沢賢治が好きだというので、彼らの作品のなかからお気に入りを教えあう。デリューシナ先生は、現代作家のなかでは最近はよく中村文則を読んでいて、教え子と一緒に村田沙耶香の『コンビニ人間』の精読もしているらしい。私は角田光代が好きだというと、「角田光代はまだほとんどロシア語に翻訳されていないからぜひ勉強会で教え子と一緒に読みたい」「勉強会なので短編か中編でおすすめを教えてほしい」というので、『さがしもの』を薦めた。本にまつわる物語を集めた短編集で、表題作は主人公が病気のおばあちゃんに頼まれた、聞いたこともない本を一所懸命に探す話である。なんとなく、この本がいちばんぴったりな気がした。

あ、そうそう、角田光代といえば『源氏物語』の現代語訳もしているんだった、これもデリューシナ先生との共通の話題だな、と本を手にとる。その中巻をひらくと、ぱらりと本のあいだから落ちかけた月報に目がとまり、わあ、と声をあげそうになる。なんとその月報では、江國香織がロシアを訪れた際にお会いしたというデリューシナ先生のことを書いているのだ。江國さんはデリューシナ先生のことを「物静かで背すじの伸びた、一見近寄り難い雰囲気のひとで、でも、話すととても穏やかな、ときどき少女みたいに恥かしそうに笑う、温かい人柄のかた」と書いているので、（そうそう、まさにそんな感じ！）とひとりでにこにこしながらうなずいてしまう。次のメールでは角田さんの現代語訳と江國さんの月報の話をし、デリューシナ先生が学生時代に初めて日本語で読んだ『源氏物語』は与謝野晶子の現代語訳だったことを知る。

　そんなふうに、私とデリューシナ先生のやりとりは続いた。どうしても訊いてみたかったのは『源氏物語』の登場人物のなかで好きなのは誰かという質問で、これに対しては「末摘花《すえつむはな》」という答えが返ってきた。末摘花は物語のヒロインのひとりだが、この名はもともと紅花の異名で、源氏が鼻が赤い彼女を見て「花が赤い」とかけて紅花を連想したことに由来する。彼女の鼻は赤いだけではなく、普賢菩薩が乗っている象の鼻を思わせるほど長く、全体的に胴が長くて器量が悪く、とんでもなく内気で、はじめのうちは源氏がいくら手紙を出しても返事もよこさないし話しかけても沈黙するし、おまけに和歌もうまくない。

　そんな彼女を、デリューシナ先生は「自分の意志がしっかりあって、なおかつまったく気取ったところのない人で、『源氏物語』のなかでも最も生き生きとした人物」として好きなのだという。

そう言われてあらためて『源氏物語』を読み返すと、末摘花の内気でかたくなな行動のなかに、なんだかとても愛しいものがあることに気づく。これまで読んでいたときはどうしても、視点がどこにあるのか、文のどこに強調が置かれているのかが分かりづらく、気づけば同じ文章を何度も読み返していた箇所も、角田訳だとちゃんと入ってくる。さらにデリューシナ先生のロシア語訳にも手を伸ばし、脚韻を踏みすぎないよう配慮された音韻の流麗さや、布の硬さと心のきびしさを重ねる比喩が見事に翻訳語の世界でも生きていることに感動し、理解したつもりで理解できていなかった登場人物たちの気持ちの機微に触れる思いがする。

古典の楽しみのひとつは、時代も場所も違うさまざまな人たちと、同じ本を読めることだ。ロシア詩の研究者ミハイル・ガスパーロフはこれについて一九九〇年代のインタビューのなかで、たとえばシェイクスピアの『ハムレット』には原典のほかに十九世紀の『ハムレット』があり、一九六〇年代ソヴィエトの『ハムレット』があり、現代の私たちはそれらを通して『ハムレット』を読むだけでなく、それぞれの時代の人々の悩みや葛藤の投影を読むことができる、と語っている。『源氏物語』の数々の翻訳（現代日本語訳や、ほかの言語への訳）のなかにも、さまざまな思いや文学の流れが投影されているのだろう。

だから私はデリューシナ先生に「『源氏』を翻訳する際に、訳文をどんなロシア語にしようと思いましたか、お手本とした文体はありますか」と尋ねてみた。すると、ちょうどデリューシナ先生が翻訳をしていた一九八〇年代に、それまでとりあげられることの少なかった十九世紀の作家が見直され再版されていったため主にそれらの作家を参照していて、いちばん影響を受けたのはマリヤ・ジューコワ（一八〇四〜五五）だという回答が返ってきた。なるほど十九世紀のロシア語というのは少し古風だが現代語としても充分に通じるので、ちょうどいい雰囲気だったのかもしれない。

さてそんな折、去年から日課にしている政治学者エカテリーナ・シュリマンのYouTube動画の視聴をしていると、ドイツに滞在中の彼女がふと「ロシアの自宅に置いてきた蔵書が恋しい」という話をしていて、なかでもデリューシナ先生の翻訳した『源氏物語』が好きだったという。私は思わずデリューシナ先生への次のメールにそのことを書いた。

シュリマンは内政と法学の確かな知識によりラジオ局「モスクワのこだま」で政治コメンテーターをつとめ、戦争に反対することも許されない社会でどう行動したらいいのか、あらゆる人権がつぶされていくなかでできることはなんなのかを解説し続けてきた人で、ロシア語圏の知人ならみんな知っている。とはいえシュリマンは一九七八年生まれでデリューシナ先生に比べるとだいぶ若い。先生は彼女を知っているだろうか。

するとデリューシナ先生は「ええ、実は私、シュリマンさんの大ファンなんですよ。あんなに博識で知的で細部にまで気を配れる人はなかなかいません。それにいつも、ものすごい速さで的確な連想をひらめくところに驚かされます。彼女が私の翻訳を高く評価してくれていたことは、とても嬉しいことでした」と返してくれた。

私も嬉しかったのでそれをシュリマン本人に伝えた（翻訳権のことで確認を取って以来、彼女もたいへん丁寧に連絡をくれる）。するとシュリマンも喜んでくれ、そのときからしばらく、こんどは私を介してシュリマンとデリューシナ先生のやりとりがはじまった。モスクワとベルリンをつなぐ交換手が東京にいる趣である。いっそ当人たちに連絡先を教えたほうがいいのだろうかとも思ったが、ふたりとも連絡先は聞いてこないし、シュリマンが国から外国エージェントに指定（事実上のスパイ認定）されていてデリューシナ先生がモスクワに住んでいることを考えると、念のため私を介しておいたほうがいいかもしれないとも思い、そのまま交換手のような密偵のような伝書鳩のような役割を続けた。そうするうちデリューシナ先生が、シュリマンが大事にしていた『源氏物語』が「二巻本」だと言っていることに気づき、「それはソ連崩壊直後に出回ったリプリント版で、大量の誤植がある。そのあと二年をかけてその誤植を直して改版した本があるから、もし可能であれば差し上げたい」といいだした。シュリマンも「ではサイン入りでお願いします」と乗り気だ。現在ロシアと日本の郵便事情は決してスムーズとはいえない状態だが、モスクワとベルリンならばどうにかなるらしい。

　そうして、どう届けるのが安全かをいくらか話しあったのち、ロシア語版『源氏物語』はドイツに届いた。伝書鳩の役目を終えた私はひとまずほっとして、モスクワとベルリンに一枚ずつ、飯田橋で買った和柄のポストカードを送った。

　それにしても――『源氏物語』からたぐりよせた、はじめは頼りないと思った記憶の糸が、いろいろなところでつながっていくものだ。ちょうど受賞の知らせをいただいたころに早稲田大学の図書館で対談イベントをやったのだが、館長のゲイ・ローリー先生が『源氏物語』の専門家で、かつて私が翻訳したロシアの日本文学研究者の論文が彼女の論文と同じ本（『源氏物語を書きかえる』青簡舎、二〇一八年）に載っていることまで見つけてくれた。デリューシナ先生とのやりとりではこれまで読んできた文学（ここでは省いたが、ロシア文学の話もたくさんした）が楽しい発見を生んでくれたし、たまたま私の好きな角田光代が現代語訳をしていた『源氏物語』の月報にたまたま江國香織がデリューシナ先生のことを書いていて、同時期にたまたま私が翻訳しているシュリマンが『源氏』のロシア語訳の話をしていて……。

　偶然というと少し違うような、けれども必然といってしまうのはつまらないような、こういう幸運な「たまたま」が連続していくとき、私はロシアから帰ってきたあとに沼野充義先生が言ってくれた言葉を思いだす――「大丈夫ですよ、一所懸命にやっていると、そのうちつながってきますから」。

　あのころ、モスクワから帰ってきたばかりで日本の大学のことなどなにもわからず、研究計画書といわれて「ロシア詩の形式の分析」という、いったいどんな日本語話者のためにやるのかと突っ込まれそうな代物を書いていた私は、自分の抱えているものがどう「つながっていく」のか想像もできなかったけれど、それでもとにかく一所懸命にやってみればいいんだ、というのは、なによりも励みになった。

　いまなら少しだけわかる。偶然や必然というよりも、そのつながりの発見はまるで、さがしものが見つかっていくような感じに似ている。角田さんの『さがしもの』の主人公のように、はじめはなんだかさっぱりわからなくて、見失ってしまいそうでも、自分なりに一所懸命に生きているうちひょんな拍子に出てきて、ああ、自分はこれを探していたのか、と思う。

いつも起こるわけじゃない。でもときどき、こんなふうに「つながっていく」のを感じていたい。

雨をながめて

ずいぶん昔の話になるが、東京に長く暮らしているロシア出身の先生に「いつごろの季節がいちばん好きですか」と尋ねたら「梅雨」という答えが返ってきて驚いたことがある。

その理由を尋ねると、湿度が高く何週間もしとしとと雨の降り続ける雰囲気がロマンチックで物憂い感じがして好きなのだという。それを聞いたとき、梅雨という憂鬱な季節についてそんなふうなポジティブな捉えかたができることに感動してしまった。ものは考えよう、とはよくいったものである。

私はその先生のほかに梅雨どきが好きだという人をあまり知らない。どこに出かけようにも傘をささなきゃいけないし、さしても濡れるし、梅雨寒で体が冷えたり、そうかと思えばやけに湿度と気温が高くて蒸し暑くなったりと、おせじにも過ごしやすいとはいいがたい季節だ。それに、あたたかな春と本格的な夏のあいまで、場合によっては五月病をひきずりつつ、どうにかこうにか日常を過ごしていくようなイメージがある。

とはいえ、雨を楽しむ工夫はさまざまに存在する。言葉の世界でも「雨が楽しい」という歌や詩はそれなりにあるけれど、「あめあめふれふれかあさんが　じゃのめでおむかえうれしいな」という北原白秋の童謡に代表されるように、雨だけど、母さんが迎えにきてくれる、と、「なにか心おどることがあって雨の憂鬱をくつがえしてくれる」というようなスタンスのものが多い。それってやっぱり、雨そのものはどっちかといえば嫌だってことなんじゃないのか。

だったらいっそ、思い切り雨の憂鬱に浸ってしまうのもいいかもしれない。そういうときは同じく白秋の『雨』がいい。なにしろこの『雨』ときたら、

雨がふります。雨がふる。
遊びにゆきたし、傘はなし、
紅緒の木履《かっこ》も緒が切れた。

雨がふります。雨がふる。
いやでもお家で遊びましょう。
千代紙折りましょう、たたみましょう。

雨がふります。雨がふる。
けんけん小雉子が今啼いた。
小雉子も寒かろ、寂しかろ。

雨がふります。雨がふる。
お人形寝かせどまだ止まぬ。
お線香花火もみな焚いた。

雨がふります。雨がふる。
昼もふるふる。夜もふる。
雨がふります。雨がふる。

と、読んでいるうちにますます鬱々としてきそうな詩である。まずは詩のなかではっきりと「いやでもお家で　遊びましょう」と、嫌だと言ってしまっている。おまけに傘もないし下駄の緒も切れ、鳥も寒くて寂しそうで、とにもかくにもさんざんだ。ここまでひどいいわれようをしているのを見ると、「いやいや、雨にも少しはいいところがあるんじゃない？」と、雨の擁護をしたくなってくる。

けれども雨の憂鬱を家のなかからながめる心境をうたう詩は古今東西たくさんあり、アレクサンドル・ブロークにもこんな詩がある——

外は雨でぬかるみ　悲しみの所以もわからず
退屈で泣きたくなるけど　気力の行き場もない

わけもなく気がふさぎ　狂気にとりつかれる
さあ火を焚いて　サモワールでお湯をわかそう

お茶を飲んでいるうちに　僕の不機嫌な言葉も
ふと可笑しく聞こえて　君の眠い目を輝かせるかな

古の習慣に従い　ゆっくりとした生活に乾杯だ
飲んだお茶の魂が　苦悩を和らげてくれるかも

雨は憂鬱だけど、お茶でも飲んでゆっくりしよう、と、白秋の『雨』に比べると少し明るい終わりかたになっている。まあ、急ぐことはないのだからお茶でも飲んでいればいいのだと思えば雨をやりすごすことはできる。一九一五年の冬、第一次世界大戦二年目の社会の憂鬱から逃れられないなかで書かれた詩であることを考えると、とりわけいま、ずしりと響くものもある。

いやしかし、もう少し雨を喜ぶ詩もあったはずだ。いったい人はどんなときに雨が嬉しいと思うんだろう。ひとつ思い浮かぶのは、土砂降りの雨で洗い流してほしいくらい気持ちが落ち込んでいるときだ。心が曇り空のように鬱々としてぐったりとふさいでいるときは「黒い雲のまま延々と上空に垂れ込めていないで、いっそ大雨になって流れてくれ」と思う。

ロックグループＤＤＴの『雨』という歌はまさにそんな気持ちをうたったもので、突然の雨が降り、窓をあけると楽しげな風が吹きこんできて、机の上にあった詩（よどんだ空虚な気持ちのときに自分が書いていた愚かな詩）をまきちらしてくれる。顔についた水滴が、雨のしずくなのか自分の涙なのかもわからない。雨はすべてを洗い流していく。そして思い描くのだ——人々がみんな雨のなかに出てきて歌をうたい踊るところを。恥ずかしさも風邪をひくかもしれないという心配も忘れて。

　思えば雨を主題とした歌や詩は、その多くがいま挙げた三種類か、もしくはこれらの混合型になっている。つまりひとつめが「雨だけど（雨だから）なにか楽しいことがある」という「雨の楽しみ」型で、童謡ならお母さんが迎えにきてくれたり、ラブソングなら傘を持って恋人を迎えにいったり、雨なんかどうでもよくなるくらい幸せだったり、雨があがったら会いにいこうと決めていたりする。ふたつめが、白秋のようにひたすら雨の憂鬱をつらつらとうたう「雨の悲しみ」型で、うたい手は「雨よ雨よ、なぜにそんなに降るのかい」と雨に語りかけたり、雨に恋人との別れの情景を重ねたりする。みっつめがＤＤＴのように「暗い気持ちを雨が洗い流してくれた」という「雨の恩恵」型で、ずぶぬれになってすっきりしたとか、雨があがって虹が出たとか、雨の降る前後の違いに焦点をあわせる。

　ためしに日本語のポップソングの歌詞を思いだしてみても、タンポポ＃の『アンブレラ』は「楽しみ」型、中島みゆきの『空と君のあいだに』や桑田佳祐の『東京』は「悲しみ」型、SEKAI NO OWARIの『RAIN』は「恩恵」型になっている。なんだか世界観が出ていてとてもいい。「楽しみ」型は日常に喜びをみいだす生活密着型が多く、「悲しみ」型には胸を刺すような強い情動のあらわれがみられることが多く、「恩恵」型は前向きにがんばろうという希望が語られることが多い。降りしきる雨があがるのを待つように、「悲しみ」と「恩恵」がセットになっているものも多数ある。そのときどきで自分の心に響く雨の歌を探せば、自分がどんな心理状態にあるのかを把握することができるかもしれない。

もちろんこうした分類は恣意的かつ乱暴なものなので「いや、私の好きな雨の詩はどれにもあてはまらない！」といいたくなる詩もあるだろう。どこか特定の街の雨の情景を淡々と描いた詩、環境問題や社会問題をからめた詩、楽しいのか悲しいのかわからず混乱している詩、などなどが思い浮かぶ。ただ、見方を変えるなら「どこにも分類したくない詩」というものはたいていその分類したくないと思っている当人がとりわけ思い入れのある詩なので、分類したくない詩を考えれば自分がどんな詩にこだわりがあるのかを知ることもできる。

さてそれでは私がどこにも分類できないのではないかと思う詩はなにかといえ

ば、人間の視点を欠いた詩である。べつに悪い意味ではない。純粋に視点の問題だ。いままでに挙げた分類はすべて、人が雨に重ねる詩情を基準としてきた。楽しみや悲しみはもちろんのこと、恩恵もまた雨によって人の心にもたらされる恩恵だった。

だがニコライ・ザボロツキーの『雨』（一九五三）という詩には、人間がまったく登場しない。

雲の残骸の霧のなか　朝日を迎えたそのとき
雨はまだほぼ無形で　姿をなしていなかった

とはじまり、まずは黒雲のなかで育つ雨の前身の様子が語られていく。そしてある瞬間に突然、雨はうたいだすように嬉しそうに降りだし、樫の木は雷に照り輝き、白樺の葉がざわめく。雨は空と大地をつなぐ数えきれない糸のように注ぐ。そして大地は震え、ごくごくと雨を飲み干す。

なんていさぎよい雨の詩だろう。人なんてどこにもいない。もちろん詩は人が書き人が読むものだから、そういう意味では人間の目線は介在しているし、雨や木々や大地に用いられた擬人法によって感情を込めやすいようには書かれているのだが、人の姿や心が描かれないことによって、雨そのものの主体性が存分に発揮されている。

ザボロツキーは一九〇三年にカザン郊外に生まれた詩人で、とりわけ農村を注視した作品群で知られる。代表作のひとつ『農耕礼賛』（一九二九～三〇）では荒々しい自然や動物や農民が描かれ祖先とも会話し、一種のユートピアへの希求が描かれる。内容的にはエセーニンの『招魂祭』を引き継ぐ、農業の集団化から死の克服までにわたる農村の議論を総括したような世界観の表れである。

農村の自然と都会の自然は違う。ザボロツキーは自然を人間のための情景にすることを拒み、ときに人間にとっては危険な存在ともなる、その本来の姿を描こうとしていた。

考えてみれば、雨に憂鬱や悲しみを感じているのは人の心でしかないのだ。つまり、ほんとうに雨を喜びたいのなら、雨そのものや木々や大地になればいい。

これを書いているあいだもしばらく雨の日が続いていたので、私は道を歩きながら、水をまとう街路樹の気持ちになろうとしてみたり、コンクリートの下で雨を飲み干しているであろう大地の気持ちになってみようとしてみたりした。草木は確かに嬉しそうで、部屋の窓から見える伸び放題の雑草はここ数日でぐんと茎が太く背が高くなっている。

けれども今朝になり雨があがってみると、やはり否応なく嬉しいものだ。朝五時に目が覚め、窓をあけて雨あがりの早朝の空気を吸う。カラスが鳴き、草の匂いがただよう。詩人たちが雨に悲しみを重ねる気持ちも、雨あがりに希望を込める気持ちも、実感としてあらためてよくわかる。ああ、自分はやっぱり嫌になるほど人間なんだな。

いやしかし――と、あきらめの悪い私は思う。雨や大地になれないのなら、せめて畑の気持ちになれないだろうか。だって私は畑の作物を食べて生きているんだから、それはいずれ自分の一部になるもののはずだ。ということは私も畑の一部になったつもりになってもいいんじゃないか。

よし、ためしにトマトになってみよう。トマトは太陽が好きなので雨ばかりでは困るが、水がなくては育たない。祖父母がハウス栽培ではなく野の畑で育てていたようなおいしいトマトになるには、雨にも降ってもらわないと。大好きなトマトの水分になると思えば、雨はたいへんありがたい。わーい、雨だ、嬉しいな。

でも、そんなことを考えながら仏頂面で雨をながめている自分は、やっぱりどうしたってトマトではなく、トマトを食べるのが好きな、ただの人間なのだった。

君の顔だけ思いだせない

好きな人の顔ってどうして思いだせないんだろう、と、子供のころ親に訊いたことがある。子供といったって「好き」という感情がわかる歳なのだからそれなりに大きくはなっていたはずなのだけれど、あまりに昔のことなので子供のころということにしておこう。

父はその現象がよくわかると言っていたが、母は「そんなことってあるかしら？」という反応だった。どうやら個人差があるらしい。

よりによっていちばん思いだしたいはずの人の顔だけ思いだせないなんて、人の記憶はなんて不便にできているんだ、と私はいまでも思う。もし一緒にいないときでもはっきりとその場にいるみたいに思いだせたら、どんなにいいだろう、とも。だけど思いだせないし、なぜなのかも依然としてわからない。そういえば、ソ連ではロベルト・ロジジェストヴェンスキー（一九三二～九四）が詩にうたっていた――恋しい人にせめて夢で会いたいと願うが、どうしても顔が思いだせず、自分は恋心を大事にできていないのではないかと悩む。しかし他方では、誰かが世間話をしているだけで彼女の話ではないかと思うほどに強く意識している。

身に覚えのある人にはよくわかるらしいこの現象については、精神分析や心理学などを用いて説明されている文章を目にしたこともあるが、どれも自分にはさっぱり当てはまらず、「ふーん、そんな安易な解釈で満足してやるもんか」という反抗心ばかりがつのった。理由は人によるのかもしれないし、ひとつではないのかもしれない。もし自分の理由をひもとけたら、解決への糸口が見つかるだろうか。いやつまり、思いだせるようになるだろうか。どうも無謀な予感がするが、わずかな希望にかけてみる。

顔が思いだせないといっても、写真であればある程度は記憶できる。でも写真の顔と現実の生身の人間の顔というのは、似ているようでいてまったく違うじゃないか。写真の顔を思いだしているときは、あくまでもいずれかの写真という平面に焼きつけられた形を思いだしているのであって、その人そのものを思いだしているわけではない。

じゃあ逆に、覚えやすいケースから考えてみよう。たとえばさほど興味がないゆえにか、政治家の顔は覚えやすい。政治に興味がないのではない。ただ、政治は顔でするものではないので、政治家を判断するなら当人がなにをしてきたか、しようとしているかを見ればいいというだけのことである。そして顔については記号を覚える要領で記憶できる。政治家の写真はたいていそれぞれに一定の狙ったイメージを演出していて、発信源から「こういう画像を覚えてください」というアピールがにじみでているせいもあってか、記憶が容易だ。要するに顔の情報整理が簡単になるように工夫されているのだろう。加えて、それらの顔を記憶するとき、私はそれ以上の視覚情報などまったく期待していない。むしろ政治家がさまざまな顔をみせて親近感をアピールするのは危険な場合が多いので、警戒心が先にたつ。独裁者が、自分がどれだけの人を殺め貶めてきたかをごまかすときによく使う手法だ。ジャガイモ掘りをするルカシェンコなど見たくもない。見たくもないが、記憶に残ってしまう。うーん、やっぱり記憶って意地悪だな。

もうすこし肯定的な例もある。たとえば詩人や作家の肖像は覚えられる。アレクサンドル・プーシキンの肖像画には有名なものがいくつかあるが、どれもだいたい似たような雰囲気なのでそのまま記憶に残る。政治家の場合と違ってもっと情報がほしいとも思うが、いまになって未発見のプーシキンの肖像が新たに発見されて視覚情報が増えるなどということはまずなさそうだ。そんなわけで、プーシキンがどんなふうに歩いていたのか、どんなふうに話し、笑ったのかはあまり想像ができない。これがレフ・トルストイなら、ごく若いときの肖像も複数あるし、年をとってからのひげのおじいさんの肖像画も、写真もたくさんある。本を読むトルストイ、草地に寝転ぶトルストイ、自転車を押すトルストイ、チェーホフと話すトルストイ、畑を耕すトルストイ。晩年の動く映像も残っているので、プーシキンよりだいぶ立体的なイメージとして思い浮かぶ。声の音声も残ってはいるが、なにしろ古くていくら修復をしてもようやく聞きとれる程度の音のため、実際に生きていたころの声質や雰囲気とはだいぶ違うだろう。だがともかくこれだけ資料が残っているのだから、どんなふうに笑ったのかもなんとなく想像がつくような気もするが、でもきっとほんとうにトルストイが笑うのを目の当たりにしたら、予想外のなにかがあってびっくりするんじゃないだろうか。その「なにか」を見てみたい。

あ、作家の話をしているうちに、肝心の「好きな人」の問題も少しわかってきたぞ。まず平面の写真だけでは記憶を満たせないくらい、相手の本来の姿を望んでいるがゆえに、写真以外からくる記憶を写真に還元してしまいたくない。そこへもって「予想外のなにか」が、相手に対する愛着と敬意があればあるほど大切になってくる。誰かが自分の想定とは違う反応や表情をしたとき、相手に興味がなければそれは特に必要のない情報として処理され、意識すらしないうちに忘れてしまう。ところが自分の持っている情報や想定よりも相手の存在のほうが大事だと思っていると、「予想外のなにか」をまずは気に留め、そこに自分の認識のほうを合わせていこうとする。しかしその「なにか」にはたいてい明確な形がない。それは声のトーンの微妙な変化だったり、顔を隠す仕草だったり、会話のずれであったり、ほんの一瞬の沈黙だったりする。まるで学者が研究対象とするテーマについて未発見の資料を大切に保存するように、頭はそれらを記憶に留めようとするが、新発見は次々に連なってあっというまに情報処理が追いつかなくなり、ただ呆然とするしかない。愛着のある相手に対してはこれを絶えずやっていて、なおかつその先も「予想外」が発生することを前提としているから、結果として記憶が一定にならず定着しないのではないか。これはなにも表情だけに限ったことではなく、言動にしても感情にしても、既存のパターンに落とし込んでしまいたくないという気持ちが勝つ。研究の喩えでいうなら、調査段階で仮定とは異なる要素が出てきたとき、それらをわずかな例外とみなして看過し、既存の形式に当てはめることに専念してしまうなら、その研究に発展は生まれ得ず、ただ先行研究のあとをなぞるだけのものになってしまうというのと同じだ。ああ、なんだかたいへんな仮説になってきたな。私はいったいなにを研究しようとしているんだ。

ではここで少し「好きな人」から離れた例を出してみよう。というのも、恋心を抱いている相手ではなくても、この「予想外」があまりに予想外だと、顔や姿よりもその驚きの記憶ばかりが残る、というケースは、比較的多くの人にとって身に覚えがあるんじゃないかと思うからだ。

私の場合、中学生のころに仲のよかったＬちゃんの記憶がこれにあてはまる。最初に思いだすのは、彼女と一緒に電車で出かけて帰ってきたとき、わずか数十円足りなかったきっぷ代のキセルをするために、Ｌちゃんがいきなり駅のプラットホームから電車の線路に飛び降りてそのまま反対側の車道に逃げていったときの驚きと（私はホームから眺めていた）、そのあと改札から出た私のところに走って戻ってきて「飛び降りた瞬間に振り向いたらキヨスクのおばちゃんと目があっちゃって、めっちゃ焦った！」と話していた、その雰囲気である。乗ってきた電車が去ったばかりで次の電車はまだ先だったから轢かれる心配はないにせよ、飛び降りざまに足をくじいたり線路に足をとられたりしないだろうかとはらはらする私をよそに、Ｌ

ちゃんが焦るポイントはそんなことではなくキヨスクのおばちゃんの視線だったのが衝撃的だった。あのときＬちゃんが「いやー、まいったねえ」と苦笑していた表情はよく覚えている。けれどもこの記憶はそのときの私の驚きであり、彼女の表情の魅力であり、思いがけない冒険のあとに安堵した私の記憶である。Ｌちゃんと一緒にいるとそうした驚きの連続だったので、ほかにも思い出ごとにいろいろな表情が浮かぶが、顔の形を覚えているのかといえば、そうではない気がする。

　好きな人の顔が思いだせない現象の理由のひとつは、相手の言動のほんの些細な「予想外」ひとつひとつに対して、まるでこのときＬちゃんが線路に飛び降りたときと同じくらいの重大さを見いだしてしまうからなのかもしれない。

　あーあ、顔を記憶するのに比べたら、詩を暗記するのはなんて楽なんだろう。そういえば、アレクサンドル・ブロークの詩には「君の顔」という言葉が頻繁に登場するが、その顔がどういう顔なのかはほとんど描かれない。

君の顔には　とてもなじみがある
まるで一緒に　暮らしていたみたいだ
出かけていても　外にいても　家にいても

君の華奢な横顔が　目に浮かぶ

この感じは、すごくよくわかる。矛盾するように聞こえるかもしれないが、顔が思いだせないというのは、面影を思いだせないのとは違う。面影はよく覚えているし、いつも懐かしいし、思いだそうとなどしなくても常にその面影を抱えて生きているようなものだ。「面影は顔ではないのか」という問いには、この詩の続きに答えてもらおう。

背後に君の　足音が聞こえる
どこへ行こうと　ついてくる
軽い足どりで　夜毎
後ろを歩くのは　君だろう？

たいへんよくわかる。いうなればこれが面影の正体である。会っていないときの好きな人というのは、だいたい月みたいな、守護霊みたいな感じだ。夜に外を歩いていて、見上げるたびに月がついてくるのを確認するように、自分という存在の背後に常にその影を求めている。気配を感じると、なんとなく安心する。さらに詩は続く。

ドアを開けた　その瞬間
そばをふっと　すりぬける
半ば空気のようで　目には見えない
夜みた夢のような　それも君だろう？

こんどは天使みたいになった。これもよくわかる。ふとしたときにすりぬけていく、存在感の名残のようなもの。街なかでこれを感じると、つい振り返ってしまう。この詩の語り手はこのあと墓地で相手を見かけるが、近づけば遠ざかり、川の向こうに消えていく。苦い思いをかみしめながらも、語り手は「また会える」と考える。

ひょっとして、ブロークも好きな人の顔が思いだせないタイプだったんじゃないだろうか。だってこの、月や守護霊や天使のようになっている状態のときの相手が、もし具体的な形として想起されていたら、はっきりいって奇妙である。毎晩どこにいても後ろをついてきたら変質者みたいだし、ドアを開けた瞬間にすりぬけていくなんて、行列に横入りする買い物客みたいだ。それに「半ば空気」「目には見えない」「夢」とあるのだから、やはり具体的な姿として思い描いているわけではないのだろう。

待てよ。だとしたら、好きな人の顔を思いだせないことにも、それなりの良さがあるのかもしれない。思いだせないからこそ、その代わりに月のような守護霊のような天使のような気配だけでも抱えていたいし、意識しなくてもそれができてしまう。これは幸せな現象だと思う。その気配をはっきりと感じとれているときは、ごみごみした街がやけに綺麗で、信号機の灯さえまぶしくて、なにがあったって生きていけそうな気がする。

でもそれは幻だ。現実の人間は月でも守護霊でも天使でもない。そんなことはわかっている。そう意識をしてしまうと無性に、いくつもの「予想外」のほうに自分の認識を合わせていく作業の続きがしたくなってくる。相手が目の前にいるときしかできない、あの作業の。だからついには「また会える」という結論に甘んずるしかなくなるのだ。

そうして、会えないあいだ月になったり天使になったりしていた面影を天上から地上に引き戻し、また「予想外」を一心に受けとめているうちにあっというまに飽和状態になって、顔の記憶どころではなくなる。めちゃくちゃばかみたいなことをしているような気もするし、実際、はたから見れば私はただ呆然としているだけの間抜けな人にみえるのだろうが、ほかにどうしたらいいのかがわからないし、あんまりわかりたくもない。

　君の顔を思いだすのは、やっぱり無理みたいだ。

こうして夏が過ぎた

こうして　夏が過ぎた
なにもなかったみたいに
陽だまりは　暖かいけど
それだけじゃ足りない

詩人アルセーニー・タルコフスキーが一九六七年に書いた詩の冒頭である。息子である映画監督のアンドレイ・タルコフスキーが映画『ストーカー』（一九七九）のなかでこの詩を用いているシーンが有名だが、アルセーニー本人が朗読している音声も残っていて、最初にそれを聞いたときはわけもわからず泣きだしそうになった。夏の終わりのあの単純で、だからこそ強い喪失感をこんなふうに直球で訴えかけることができるなんて、ヒグラシみたいだ。いや、詩人をセミに喩えるのもどうかと思うが、ほかにいいようがない。耳の奥に、はるかな夏のヒグラシの声が聞こえてくる。

それはこんな場面だ。小学生のころ、ひと夏を大好きな新潟の巻町の祖父母の家で過ごし、あと数日で帰らなければいけない時期になったある日のこと。暑さがすっと引いた夕方に、裏の林のほうからカナカナカナ……と響いては止み、また響いてくる声がする。台所からはとれたばかりの枝豆を茹でる匂いが漂う。青い羽根の扇風機が首を回している。農具の並ぶ作業所にはスイカが数えきれないほど転がっている。近所の人がガラガラと玄関のドアを開けて勝手に入ってくるけれど、言葉はよく聞きとれない。おばあちゃんがその人を屋号で呼び（それが名前ではなく屋号だと知ったのはずいぶんあとのことだけど）、わけのわからない抑揚でしゃべっている。同年代のいとこたちの新潟弁は理解できるけれど、おばあちゃんが巻町の人たちと本気で話す新潟弁は、まったく別の言語みたいだ。

私は仏壇のあるだだっ広い畳の部屋に寝転がって線香の香りをかぎながらじっと天井を睨みつけ、「いま目をつぶってもう一度ひらいたら、夏の始まりに戻っていたらいいのに」などと考えてはぎゅっと目をつぶり、思いつく限りのでたらめなおまじないを唱えて目を開けてみる。けれども時間は戻らない。でも、私のでたらめなおまじないよりも、夏が過ぎていくことのほうがもっと嘘みたいなのだ。あんなに楽しみにしていた夏が、もう終わってしまうなんて。

叶いうるもの　すべてが
五つわかれの　葉のように
すとんとこの手に　落ちてきたけど
それだけじゃ足りない

先が五つに（もみじのように）わかれた葉（ロシア語では「五本指の葉」と表す）は幸福のシンボルとして知られている。その夏に起きたことすべてを、思いがけず手のなかに落ちてきた幸福のように思いだしてみる。もうお盆をだいぶ過ぎてクラゲが出るから行けないけれど、海には何度も行った。

「よーし、今日は海に行くぞ！」

となったら、まずは昼寝だ。私たち子供は早く海に行きたくて、とても寝るどころじゃない。でも「眠くないよー」と文句を言っても、「寝て体力をつけないと危ないから、昼寝しないと連れていかないぞ」と脅されて、仕方なくタオルケットをもらい畳に転がる。「眠くないもん」とふてくされながら、気づけばもう眠っている。昼寝から起きると「ほら、寝れたでしょ」と母が笑う。伯父さんはいとこたちと私と弟をぞろぞろ連れて、車に乗せて角田浜の海へ向かう。すでに何度も海に行っているので、車内の足元は砂でざらついている。山の急激な斜面をのぼっていくと、山を越えたところで海が見える。あの瞬間はすごい。木々の向こうに「青く澄んだ」とはとてもいえない、深い緑の日本海が見える。「きれい」というより「圧倒される」というほうが近い。海についたら体操をして、やっと水に入れる。
私はいまでも海で泳ぐのが好きだ。といってもまあ、水泳と呼べるようなたいそうなものではない。せいぜい沈まないというだけでとりたてて泳ぎが得意なわけじゃないから、ほとんどただぷかぷか浮いているだけなのだけれど、海に浸かって佐渡島のほうを見ているだけで、もうなんにもいらない。

海は荒海、
向うは佐渡よ。
すずめ啼け啼け、もう日はくれた。

みんな呼べ呼べ、お星さま出たぞ。

海の向こうに佐渡島がないと落ちつかない新潟人にとって、北原白秋の『砂山』は特別な歌である。夏の昼間の暑い海にのんびりとぷかぷかしていても、物悲しい日暮れの海や、荒々しく力強い海の気配を感じながら、この歌を口ずさむ。

暮れりゃ、砂山、
汐鳴りばかり。
　すずめちりぢり、また風荒れる。
　みんなちりぢり、もう誰も見えぬ。

のちに私は白秋が第二次大戦のときに真珠湾攻撃やら大日本帝国やらを肯定する世にもおぞましい歌を作っていたと知って衝撃を受けるのだが、その点はソ連の作家にしても同じことで、決して体制翼賛派ではなくむしろ芸術を求めて国家から不信感を抱かれて不遇の身にあった作家や詩人でさえ、第二次大戦中は自ら志願し戦場に赴いて当時の政府が望むような記事を書いたこともある。ただしそれらは、メディアの体系がいまとはまったく違った時代の話だ。戦時の報道がいかに詩人や作家を巻き込んで、人々を戦争に駆りたてたか、私たちはあの戦争から嫌というほど学んだはずだし、現代では言語や住む場所を軽々と超えて、互いに理解を深められるようになっている……はずだった。だからいま戦争を——それがいかなる立場からにせよ戦闘や武器を肯定する声を聞くと、なにも学んでいない人がいることに愕然としてしまう。

　海はそんな人間たちを、どんなふうに見つめているんだろう。その計り知れない大きさのせいなのか、海はいつまでも飽きない。何時間入っていても、「帰るよー」と声をかけられると「もうー？」と物足りない。ごくちいさなころは、おじいちゃんも一緒に海に入った。おじいちゃんは「ちょっと行ってくる」と言って、ぐんぐん沖に泳いでいく。誰よりも泳ぐのがうまいのだ。「おじいちゃんは水泳が得意だから、昔は佐渡までだって泳げたんだよ」という話をよく聞いていた。佐渡まで泳げたらどんなに楽しいだろう、と空想するが、空想するだけなので私の泳ぎは上達しないままだった。

　それから、山でキャンプをして川遊びをしたこともあった。川の水は海とはぜんぜん違う。冷たくてとどまることなく流れていて、絶えず新しい。季節外れの北風みたいだ。その川には一箇所、急に深くなっているところがあって、あやうく足をとられて沈みかけた。「あ、沈みそうだ」と思った瞬間はものすごく焦ったけれど、そうだ、焦っちゃだめだ、ほんの一〜二メートル泳げば浅瀬なんだと思いだして大きく手を掻いて泳いで、なんとか助かった。一瞬のできごとだったけれど、あの瞬間のことをあとになってふと比喩的に思いだすことがある。もうだめだと思ったときも、あとひといきだけふんばれば、助かるところはすぐ目の前にあるかもしれない。それを忘れさえしなければいいのだと。

海や川はいとこたちと一緒だったけど、もうひとつ好きだったのは、おばあちゃんについて畑に行くことだ。朝五時に起きて、おばあちゃんのトラックに乗せてもらう。まずはなんといってもトマト畑だ。どんな豪華な食事と比べても、夏の畑でとれるトマトよりもおいしいものなんてこの世のなかにはないと、いまでも思う。ただしトマト以外にも夏の畑の味はたくさんある。枝豆、ししとう、十全なすの漬物。それから果物。夏のあいだじゅう、朝でも昼でもおばあちゃんがスイカを切ったり桃をむいたりしては「ゆりちゃん、食べるか」と誘ってくれる。なかでも嬉しかったのは、もうお風呂に入ってパジャマを着ていて、あとは寝るだけというタイミングのときに、ちょっといたずらっぽく「食べるか」と持ってきてくれるときだ。母は「もう歯みがきしたのに」とか「こんな時間にスイカなんて食べたら夜中にトイレに行きたくなるわよ」と注意するが、普段だったらぜったいに食べものを口にしないタイミングで出てくるそれらの果物は特別においしかった。

ヒグラシの声はそれらすべてとの別れを告げるように響いてくる。

ちなみにモスクワでヒグラシの声を聞いたことはない。夏が過ぎた、幸せだった、それでも寂しさが勝ってしまう、というこの詩の雰囲気が私のなかに呼び起こしたヒグラシの声は、あくまでも私のなかにあった過去の夏の記憶である。アルセーニーの詩に戻ろう。

悪も　善も
無駄には　ならず
すべてが明るく　燃えあがった
だけど　それだけじゃ足りない

夏の陽のもとに、あるいは夜の焚火のもとに、さまざまなものがあらわになる。すべてが良いものではないけれど、いいことでも悪いことでも、明るみにでたものごとから目を逸らさなければ、そのこと自体に必ず意味がある。

人生は　大切に僕を
救い　守ってくれた
ほんとうに　幸運だった
だけど　それだけじゃ足りない

夏は厳しい季節でもある。とりわけソ連の歴史において八月は数々の政治的要因による不幸が起きたとして「暗黒の八月」と呼ばれ、その悲劇の最後にくるのが、多くの犠牲者を出しソ連の崩壊につながった一九九一年の八月クーデターだ、ともいわれる。アルセーニーがこの詩を書いた一九六七年は、春にギリシャで起きたクーデターを受けて、八月後半にブルガリアに於いてソ連軍とブルガリア部隊とルーマニア部隊の合同でロドピ作戦と呼ばれる軍事演習がおこなわれた（ロドピは、ギリシャとブルガリアにまたがる山脈）。くすぶる不穏な兆しを感じながら夏が終わっていく。前年の春には詩人アンナ・アフマートワが亡くなっており、アルセーニーはその喪失を深く悲しんでいた。

そうだよなあ、とこの詩を読んで毎年のように私は思う。この夏を生き抜くことができたのは幸運に違いない。とりわけ去年から今年にかけてはいったい何度「死」を思っただろう。尊敬する著名人の死、親しい人たちの暮らす土地での大量の犠牲者。いまだ生きながらえている自分の命……。

葉も　焼かれず
枝も　折られずに……
日は　ガラスのように洗われて
だけど　それだけじゃ足りない

この五連で詩は完結する。わずか二脚の弱弱強格《アナペスト》のリズムに、各詩連の最終行がすべて同じ言葉で終わる四行詩の連なりは、まるで子守唄のように素朴だ。だからこそ子供のころの思い出がよみがえったのかもしれない。

一九〇七年にロシア帝国ヘルソン県エリザヴェトグラード（現在のウクライナ、クロピヴニツキー）で生まれたアルセーニー・タルコフスキーは、革命後の一九二三年にモスクワに移住し、ブリューソフ文学芸術大学の跡地にできた高等文学コースに入学、新聞社に勤めてエッセイなどを執筆する。また在学中に出会った恋人と結婚し、一九三二年にはアンドレイが、続いて三四年、娘のマリーナが生まれる。アンドレイが生まれた年の一月、アルセーニーの書いた脚本によるラジオドラマ『ガラス』が放送されるが、神秘主義的であるとして厳しく批判され、以降「信頼できない」作家として出版を断られることが多くなる。第二次大戦が始まるとタタール自治ソヴィエト社会主義共和国のチストポリに疎開。その後、新聞記者として戦場に赴く。終戦後には初めての詩集を出版しようと試みるが、政治的な理由で出版は中止になる。

そんなわけでアルセーニーが詩集『雪が降るまえに』で詩人としてデビューしたのは五十五歳と遅く、一九六二年のことだった。同年の夏には息子のアンドレイがヴェネツィア国際映画祭でグランプリを受賞、父子ほぼ同時のデビューとなった。アルセーニーの詩は次第に人気を得て、一九六六年から六七年にかけてはメジャーな朗読会にも呼ばれるようになり、作家代表団の一員としてフランスとイギリスを訪問する。若いころからずっと文筆活動に従事していながら「信用できない」作家として身をひそめていたが、ようやく正式に詩人として認められるようになった。「こうして夏が過ぎた……」はそんな充実した時期の作品である。

六十歳。この詩が素朴さと底知れぬ深みを兼ね備えているのは、ひと夏のことを語っているようでありながら、ひとつの人生のことにも読めるからである。つまり「叶いうるものすべて」「悪も善も」「人生」といった大きな意味を持った言葉のほうが主体であり、たったひと夏のように過ぎていく、ということのほうが喩えにも思えるのだ。それくらい簡素で切り詰めた形式で書かれているためだろう。

アルセーニーの年齢にも経験にもまったく届かない私にも、誰にでも、ひと夏のようにも思える「生きてきた時間」がある。

夏という季節が人生のいちばんいい時期の喩えになるのは、わかる。夏はいつも夢のように過ぎる。

目をつぶっておまじないを唱えても夏の始まりに戻りはしないことを、私はもう知っている。でも同時に、「生きてきた時間」「これから生きていられる時間」がたったひと夏にしか感じられないような寂寞とした感覚も、苦しいくらいにわかる。

そうしてまた、子供のころの夏の終わりのヒグラシの声を思いだす。畳に寝転がって泣きそうな思いで時間を戻そうとしていたあのころと同じ気持ちで、けれどもそれは言い換えるなら、夏への限りなく感謝に近い気持ちだったんだよ、と思いながら。

巣穴の会話

いまのロシアやウクライナの人の生の声を紹介してほしい、という依頼をテレビや新聞から受けることがある。しかし番組の主旨を聞いていると戸惑うことのほうが多く、たいていは辞退してしまう。

確かに私は現地の友人となるべく連絡をとっている。でも、それはただ少しでも彼らを孤独にさせたくないからであって、なにかを聞きだすためではない。戦争が起きている国の友人たちに、取材を前提に「いまの気持ちを聞かせてほしい」とか「正直な意見を述べてほしい」という言葉はとてもかけられない。むろん、言葉を発することを仕事とする作家や学者の場合は別だが、その場合でも配慮が必要ないわけではない。ましてやたとえばロシアで徴兵に怯えながらもぎりぎりの抵抗をしている出版社勤めの若者や、最も言論の不自由な職場のひとつである義務教育の教諭になんとか留まっている友達に、日本のテレビに向けて、いったいどんな「自然な」言葉を要求できるだろう。その行為自体が、彼らの傷にもなりかねないのに。心理的な負担という意味でも、実際の身の危険という意味でも。

けれども同時に、ものを言える場所、言葉を交わす場所は、彼ら自身が探し続けている。それを拾うことはできる。たとえばまったくの匿名で、彼ら自身も互いをほとんど知らないところで。

インタビューではなく、「聞きだす」なんてことをせず、ただ耳を澄まして、必要な言葉があれば自分も発言する、そうしていられる空間がほしい。心から「話したい」と思っている人の言葉を聞きたい。以前なら、相手の言葉を聞く気持ちさえ持っていれば、そういう場はいくらでもあった。ペテルブルグを歩いていて「あんた、歩きかたがなってないわよ」と知らないおばあちゃんにつかまり、そこから延々とはじまる長話が好きだった。いまは、そういう空間になかなか身を投じられなくなった。物理的な距離もあるが、なにかを自由に言ってやろうという空気が閉じ込められてしまった。もともと言いたいことがあった人ほど、そうした空気の変化を敏感に感じとっている。どこへいけばいいのだろう。

ひとつ心あたりがあった。ペテルブルグの友人がやっていたゲームのチャットの会話である。なぜSNSではなくゲームのチャットなのかといえば、匿名性が格段に高いためだ。世界シェア率の高い大手SNSに次々に規制がかかり、本名でないと登録できないサービスが主流になり、一時は警官が個人のスマホの中身まで街角でチェックしていた。誰もがなにも書けないとおびえるなか、登録に名前もメールアドレスも要らず、チャットにメッセージを書いてもすぐに消えていき痕跡の残らないゲームアプリの匿名性は貴重だ。

　さて、ここにそういう目的で使えるひとつのゲームがある。ゲームの宣伝をしたいわけではないのと、特定しないほうがいいと思うので、簡単に説明する。開発元は中国のようだが英語・簡体中文・繁体中文・フランス語・ドイツ語・ロシア語・スペイン語・インドネシア語・ベトナム語・トルコ語・タイ語・ポルトガル語・ハングル・日本語への切り替えができ（これはたぶん多いほうだろう）、すべての参加者が同じフィールドに集まる。そのフィールドでプレイヤーは、とある生物になる。可愛げもなければかっこよくもないその生物のアイコンをいくつかの選択肢から選び、巣穴を作り食べものを集め仲間を育てていく。ゲームの内容はそれだけだ。ただ、巣穴仲間の集う三十人ほどのグループを作る必要があり、ここで言語が重要になる。ぱっと見た感じだとベトナム語やタイ語を使用するユーザーが多く、英語や日本語を使う人もいたが、私の目的はロシア語圏の人々と会話をすることなのでロシア語で登録する。人から見えるのはニックネームと使用言語のみ。写真やリンクなど個人を特定できそうな情報は一切ない。最初から開始時期によって自動的にフィールドが分けられ、フィールド全体にいる人数はおそらく数百人で、そのなかで十四言語の人々がそれぞれグループを選んで加入する。選ぶといっても決め手は言語とグループ名のみなのでみんなてきとうだ。

そうして私はロシア語圏の巣穴に入った。ゲームとしてはやることがほとんどないので、みんなチャット欄でおしゃべりをはじめる。

さて、ここまで読んだかたは、二〇二三年のロシア語圏のゲーム内チャットで、いったいどのような会話が繰り広げられていると予測するだろうか。もちろん、いわゆる出会い系のような会話ではない。いや、ある意味では壮大な出会い系ともいえる。戦争のさなかで、誰が誰に出会おうとしているのだろう。

当たり障りのない会話？　それはもちろんある。まずはあいさつ。くだけた若者風のあいさつをする人もいれば、やけに紳士的な人もいる。

しかし数日もすると、今日は仕事がたいへんだったとか、子供がかわいいとか、日常の話をする人が出てくる。それから時差に気づく。誰かがモスクワ時間の早朝に「早起きだね」と声をかけ、その人が「こっちはもう朝九時だよ」と答える。東京は昼の十二時だ。東京とモスクワやウクライナの時差は六時間、カザフスタンは三時間、ウズベキスタンは四時間。カザフスタンは東京とモスクワ・ウクライナの中間の時間帯にあることになる。その流れでみんな、住んでいる場所を記しはじめる。手元のメモを整理してみよう。

S。四十七歳男性。ウクライナ在住。
K。三十九歳男性。カザフスタン在住。子供が三人いる。
A。二十代女性。ウクライナ、ドネツク在住。ネイリスト。
MD。五十三歳男性。ウクライナ、ドンバス在住。子供が二人。医者。
L。三十代女性。ロシア、モスクワ在住。弁護士。
AT。二十一歳男性。アルメニア在住。フリーター。
AR。五十代男性。カザフスタン在住。警備員。趣味は魚釣り。
TR。ウズベキスタン、タシケント在住。
M。二十代女性。ロシア在住。
L。三十二歳。ロシア、クラスノダール在住。シングルマザー、看護師。

RT。男性。ロシア、ノヴォシビルスク在住。運転手。

……

住んでいる場所にも年齢にも大きくばらつきがあるが、見てわかるように、初めに驚いたのがウクライナの人の多さだ。しかも最も厳しい被害を受けている地域の人々である。

現地時間の深夜（日本時間は朝）、ロシア在住の看護師とウクライナ在住の医者が医療現場の話で意気投合していた。夜勤の話や研修の話、現場のトラブルや人手不足の話をしている。戦争の話題もあがる。けれどもお互いに遠慮があり、会話が少し止まる。

カザフスタンの人がたまりかねたように「みんなをここへ招待して抱きついて、魚釣りに連れていきたいのに、戦争はいつ終わるんだ」と嘆いたのがきっかけで、「政治をやりたいやつだけで戦争してればいいんだ、もう疲れたよ」「子供たちと平和に暮らしたいのにどうしてそれが許されないんだ」「俺たちはこんなふうに話せるのに」「ロシアがウクライナに戦争をしかけるなんて、カザフがキルギスに戦争をしかけるようなもんじゃないか。俺はカザフ人だけど、身の回りじゃみんなそう言って、ずっと祈ってるんだ、この異常な事態が早く終わるようにって」と続く。ドネツクのネイリストが「心があたたまる言葉をありがとう」と返す。

カザフスタンの人がみんなを釣りに連れていきたいと話したことから、ごく自然に、あるごっこ遊びが流行しはじめる。みんなで互いの街に招待したつもりになるごっこだ。「いまの季節だったらメロンがおいしいからタシケントに来なよ」とか、「東京は三十四度なのか、暑そうだね、ノヴォシビルスクは二十度だ。いまちょうどトルマチョヴォ空港に家族を迎えにいくところだから、みんなも急いで飛行機に飛び乗ればいい」とか。誰もほんとうに行くことなどできないからこそ、話はいつまでも続く。時差も楽しみのひとつになる。「こっちは夜十時。いま別荘地の草むらに寝転がって流星群を見てるよ。けっこう面白いもんだね。あ、五つめの星が流れた」とか。

さらに二週間ほど経つとテレグラム（SNSの一種）でグループを作ろうという話になる。毎日のように、カザフスタンからは釣った魚の写真が届き、ドンバスからは花壇の写真が届く。一度、ミサイルの破片が写っていた。「こんなものじゃ、もう誰も驚かなくなったね」という言葉とともに。ウズベキスタンの人は蝶を育てるんだといって虫カゴで青虫を育てながら、長らく職がみつからなかったが警備員として臨時に雇ってもらえたと喜んでいる。クラスノダールの看護師は夜勤の合間に医薬品の棚の写真をアップする。イスラエル出身のユダヤ系ロシア人から「子供の誕生日プレゼントに買ったヘッドホンを試してみた」と蛍光色の子供用ヘッドホンを頭につけたコミカルな写真が送られてきて、ウクライナの人が「私が子供のときに持ってたのとそっくり（笑）」と返す。

テレグラムのほうは主に写真をあげる場所としてのみ機能していて、会話はあいかわらずゲーム内のチャットで進む。たまにウクライナ語やタタール語が混ざり、誰かが意味を尋ね、教えあう。匿名性の高さが監視のない安心感として機能している。とても居心地のいい三十人の言語空間ができていく。

一ヵ月もすると、ゲームが目的でやっていた人たちが抜けていく。人数が減り、私たちはほかのロシア語圏の巣穴と一緒になることを決める。

戦争があり日常がある。もう一年半以上、新聞のどこかに必ず「ロシア」や「ウクライナ」の文字がある状況が続いている。けれども国名を主語にした文章は、いちばん重要な問題から読者を遠ざけるばかりだ。

どちらの国が良くてどちらの国が悪いから、いいほうの国に武器を支援しましょうなどという発想をする人は、途方もなく多くのものに目をつぶっている。自ら目をつぶりなにも見えなくなった人が、地球上の武器を増やし、戦争を推し進めていく。

巣穴の生活は続く。今日も東京に朝がきて、それからカザフスタン、ウズベキスタンにもきて、モスクワとウクライナに日がのぼる。爆弾に背を向けて、私たちは文化の巣穴を掘る。がらくたのようなゲームのなかに掘った巣穴なのに、「人と人が理解しあうための様式」という、文化の根本的な形をなしていく。日本では時折、都市部は戦争に反対しているが田舎はプロパガンダに染まっているとか、インテリ層は反対しているが非インテリ層はそうでもないとか、そうした推測をする人もいるが、この巣穴に集まった人たちは都市部の人も田舎の人もいるし教育も年代もさまざまである。地球上に爆弾を落としていい場所など存在しない。それを確認しあうかのように、私たちは花や作物や夜空の写真を送り続ける。

いつか爆弾が降らなくなったら、私たちはこの巣穴から出よう。カザフスタンで集合して、一緒に魚釣りをしにいこう。

かわいいおばあちゃん

十二歳くらいのころだった。将来の夢をあれこれ思い描いているうちに、ふと「かわいいおばあちゃんになりたい」と思った。ふと思ったにしては、たいそう完璧な夢のような気がした。「先生になりたい」とか「農家になりたい」とか、なりたいものはいろいろあったけど、どうやったらなれるのか、ほんとうになれるのか、自分につとまるのかはわからない。でも、生きていればおばあちゃんにはなれる。だけど、ただおばあちゃんになるんじゃなくかわいいおばあちゃんになるには、たぶんなにかコツが必要なはずだ。かわいいというのは外見がどうとか着飾ったとかいうことじゃなくて、心の内側からじんわりと笑えるようなかわいさ。おちゃめで、人にやさしくて、自分をしっかり持っていて、誰かによろこばれるような存在。ああ、いいなあ、そんなふうになりたい。

でもそれは同時に、気の遠くなるほど果てしない夢にも思えた。まず当然のことながら、年齢が足りない。いままでの何倍も生きなければおばあちゃんにはなれない。それってどのくらいの時間だろう。

子供のころの「時間」というものは、「楽しみなこと」や「嫌なこと」までの距離感覚で成りたっていた。嫌なことはすぐきてしまうのに、楽しみなことはなかなかこない。楽しみなのは、遠足や夏休み。嫌なことの代表格は、秋の運動会。

運動会のなにがそんなに嫌だったのかといえば、ごくちいさなころは走るとおなかが痛くなったからというのがひとつ。もうひとつは、どんなに本気で走っても、先生から「奈倉さん、本気を出して！」と言われるからだ。ふだんの体育の授業もだいたい同じ理由で好きじゃなかったけれど、運動会に向かうあの焦りまじりの妙な空気のなかで言われるのはもっと嫌だった。学年が変わっても複数の先生に言われ続けた覚えがあるので（もちろんそんなことは言わない先生もいたけれど）いかにも本気を出していないような走りかたをしていたのだろう。どんなふうに走ったら本気を出しているように見えるのかはいまだに疑問だが、見た感じの問題とは別に思いあたるふしもある。高学年になってめったにおなかが痛くならないようになってからはマラソンが好きになった。しかし瞬発力がないので短距離走は遅いままだった。結果的に短距離と長距離を同じくらいの速度で走るので、マラソンだと先頭の集団にいるのに短距離だと五十メートル十二秒台という恐るべき遅さでビリなのである。そんな子がいたら、短距離走はさぼっているように見えるものなのかもしれない。でも手を抜いていたわけではなく、自分としてはどちらも本気だった。

肺活量があるからマラソンのほうが楽だったんだ、とか、人と並んで競争（競走）するのが苦手ですぐとなりに人がいると無意識に気がひけてしまうんだ、とか（マラソンはたとえ周りに人がいても、自分自身とだけ向きあっていられるから平気なのだ）、いまなら理由を説明できるけど、当時は「本気なんだけどな」と思うだけでなにが起きているのかよくわからずただ先生の剣幕に戸惑い、信じてもらえないのが苦痛だった。実際の運動会には楽しい記憶もあるし、おそらくは杞憂が大半だったのだけれど、運動会に対する「とにかく嫌なもの」という感覚はずっと消えなかった。

だから新しい学年になったばかりの春先にもう秋の運動会のことを考えて、どんよりとした気持ちになる。嫌なことは必ずいつかくるのがはっきりとわかる。でもその前に夏休みがあって新潟のおばあちゃんのところに行ける。楽しみなことは不思議と永遠にこないような気がする。楽しみすぎて現実になるのが信じられないのである。だから、永遠にこない夏休みのあとにしか運動会はこない。つまりは、運動会もこない！

　いったいどういう論理なのか、私は始終そんなことを考えて「運動会がこない時空間」を発明しようとしていた。そして永遠にこない夏休みとそのあとにしかこない運動会を何度も繰り返したさらにそのあとにしか、おばあちゃんにはなれない。このころにはもう自分がずっと子供ではないことくらいはわかっていたし、大人には運動会がないのも知っていたけれど、そのぶん大人には大人の運動会（みたいに嫌なこと）があるかもしれない。

　楽しみなことや嫌なことだけじゃなく、おばあちゃんになるまでにはたいへんなこともたくさんあるだろう。ちいさいころ、新潟の祖母が癌になった。私はそれがどんな病気なのかはまだよくわからない年齢だったので、覚えているのはちいさな折り紙で鶴をたくさん折ったことと、母がそれを糸でつないでいたことくらいだ。針に糸を通し、折り鶴の下にあいている穴から背中を刺して糸を通していく。おばあちゃんは手術をして無事に元気になったけれど、以前はふっくらしていた体はすっかり痩せて、もとには戻らなかった。癌はおばあちゃんの体の細胞をたくさん持っていってしまった。でもほんとうに幸いなことに、おばあちゃん本人だけは残してくれた。おばあちゃんはそれから何十年も生きた。私の記憶にあるのは病気を乗り越えたあとのおばあちゃんだ。小柄で細くて、それなのにものすごくよく動く。朝から晩まで畑に出たり枝豆の葉を落としたり料理をしたりお客さんの相手をしたりしていて、歩くときはいつも小走りで、いつも誰も知らないうちに大事なことに気づいている。

　ロシアに行ってしばらくしたころ、祖母が「ゆりちゃんは、がまんする子だから心配だ」と言っていたと母づてに聞いた。一緒に住んでいたことがあるわけではないのに、よく見ていてくれたのが嬉しかった。がまん強いのは長所にも短所にもなる。

　でも、このときは平気だった。本が好きな子たちばかりが集まる文学大学には運動会などというものはもちろんなく、それまでいたどの学校よりも居心地がよかった。いや、それだけではない。大学の寮で一緒に住んでいたマーシャと運動の話になったとき「私は短距離とマラソン、ほとんど同じ速さで走るから、短距離走だとすごく遅いんだ。マラソンは好きなんだけど」と言うと、「それでいいのよ、人生はマラソンなんだから」という答えが返ってきた。人生はマラソン。ほんとうにそうだ。私がモスクワまでずるずると持ってきてしまった短距離走コンプレックスを、マーシャは一瞬でふきとばしてしまった。

そうそう、それにロシアのおばあちゃんたちを知って、老年はますます魅力的になった。おばあちゃんたちは街角でもスーパーのなかでも、どこにいてもすぐに話しかけてきて、私に道を訊いたり、いろんなことを教えてくれたりした。冬の凍った道の歩きかたを、野良犬の名前を、ソ連時代の思い出を。

腕を組んで歩く老夫婦が多いのも好きだった。晴れた日の並木道のベンチに座っていると、必ずそうしたおじいちゃん、おばあちゃんたちが現れては通り過ぎていく。ちょうど、ニコライ・ザボロツキーの『老年』（一九五六）という詩にあったみたいに――

素朴で　静かで　白髪《はくはつ》の
男は杖を　女は傘を手に
ふたりは　金色の葉を見つめる
暗くなるまで　歩きながら

もう口数は　少なくて
言葉はなくとも　視線でわかる
心は　明るく　淡々と
雄弁に　語りあう

目の動きだけで語りあう穏やかなふたりの老人を描いた冒頭の二連。秋の日によく見かけるおなじみの光景が目に浮かぶ。しかし先を読むとどうやらふたりは、ずっとこんなふうだったわけではなさそうだ――

けむる霧のなか　生きのびる
ふたりの絆は　かすかだった
そこへ活力を生む　苦難の光が
両者のあいだに　ゆっくり燃えた

それぞれが　弱さを抱え
痛手を負い　苦しみながら

生きる魂　ふたつは
永久《とわ》にひとつに　なっていった

第三連から視点はふたりが生きてきた過去に移る。おのおのの人生に負った苦難を抱え続けていたからこそなお魂が近づいていく、そんな時間があったのだろう。繰り返される「苦難」「痛手」「苦しみ」を越えて、ふたりはどんなふうに生きてきたのか。

年をとった　ふたりのもとに
叡智のかけらが　舞いおりた
しあわせはただ　空に走るわずかな閃光
遠くに煌く　頼りない光

膨大な労力を　要してなお
それは　たまにしか訪れない
そして　すぐに燃えつきて

それきり　消えてしまう

いくら　てのひらで慈しんでも
いくら　胸に抱きしめても
光の子は　明るい毛並みの馬に乗り
彼方へと　駆け抜けていく

この詩を読んだとき、それまではただ憧れるだけだった老年というものに行きつくまでの展望が、ぐんとひらけた気がした。なにかが具体的に見えたというよりも、心構えができた、とでもいおうか。子供のころのことばに戻っていうのなら、「かわいいおばあちゃんになるコツ」というやつに近いかもしれない。おそらく容易いことではないだろう。けれども膨大な労力を要してなお、たまにしか訪れない頼りない光を、それでも信じていくこと。

そんなふうになれるだろうか。どんなことがあっても？

気づけば時間は、子供のころとは少し違って流れている。「楽しみなこと」や「嫌なこと」が否応なしに定期的に訪れるものではなくなり、楽しみを追うことも嫌なことを避けることもできる。やるべきことを考え、努力したい対象を探し、そこへ向かう喜びも知っている。わかりあいたい人を見つけたら、自分の心にいまなにが起きているのかをひもとき、説明し、問いかけ、語りあおうと思える。

　こんなふうに書くと、なんでもできる大人になったような錯覚を与えてしまいそうだけれど、ふりかえってみるとその試みは、悲しくなるほどまったくうまくいっていない。自分にとって大事なことほど、へんなところに力が入ってバランスを崩したり、大切にしすぎてうまくいかなかったりしている。ただそれでも、まだやってみよう、受けとめよう、生きようという意識をなんらかの形で持ち続けることができるのは、これまでに憧れてきたたくさんのおばあちゃん、おじいちゃんたちを思い浮かべることができるからだ。

　現実の人間じゃなくてもいい。たとえば、これまで翻訳してきた文学作品のなかでおばあちゃんを描くことにただならぬ情熱を傾けているのは、自他ともに認める「おばあちゃんっ子作家」サーシャ・フィリペンコだ。「祖母へ」の献辞ではじまるデビュー作『理不尽ゲーム』も、主人公のとなりに住んでいる老婦人の記憶を辿る『赤い十字』も、芯の強い、ものすごいおばあちゃんが物語の最重要部分を担っている。それはただやみくもに元気で明るいとか、控えめで思いやりがあるとかいった、老人以外の人間にとって都合のいい「おばあちゃん」の偶像ではなく、負けん気の強さと問題意識を持ち続けながらいかなるときも誠実であろうとし続けてきた、確固とした自我を持った人間であり、それゆえにいっそう身近な体温を感じる存在である。

思えば子供のころに「かわいいおばあちゃん」を「完璧な夢」だと思った理由が、いつのまにかよくわかるようになっている。それは、どんな状況に陥っても、いつまでもそこに向かい続けることができる夢だからだ。生きているうちは夢みることができる存在だからだ。どんな仕事に就いても、無職になっても、大切なものを見つけても失っても、心がなくなってしまいそうに思えるようなときも、ひょっとしたら、と思う。ひょっとしたらこの先に、もう少し先に、かわいいおばあちゃんになれる道がひらけるのかもしれない。心構えだけじゃなく、その道がはっきりと見えるようになるかもしれない。

ついでにこの夢を持っていると、いたるところで「かわいいおばあちゃんを見つける」という楽しみが生まれる。かわいいおばあちゃんたちはみんな私の先生のようなものなので、ぜひとも見つけなければいけない。見つけるたびに私のなかの「かわいいおばあちゃん」の理想は広がっていく。ようし、油断はできないぞ。なにしろかわいいおばあちゃんはいろんなところにいる。現実にも小説にも、詩の世界にも。そしてもちろん、世界のどこにでも。
ザボロツキーの詩にはまだあと二連が残っている。詩は最終連のひとつ前で、冒頭にたちかえる——

素朴で　静かで　白髪の
男は杖を　女は傘を手に
ふたりは　金色の葉を見つめる
暗くなるまで　歩きながら

きっともう　楽になったのだろう
恐ろしいことは　みな過ぎ去り
ふたりの心は　ろうそくのように
最後のぬくもりを　放つ

すべてが過ぎたあとに残る、心のぬくもり。かわいいおばあちゃん（とおじいちゃん）は、ザボロツキーの言葉でいうなら、ろうそくのような心を持っている。

そうしてまたひとつ、夢の形象が増えていく。おばあちゃんになるまで、心のろうそくを保ち続けられるだろうか。ぬくもりを放つことができるだろうか。けれどもいつまでも消えない夢は、それだけですでにありがたく、私のなかであたたかく燃え続けてくれていることに気づく。現実の、小説の、詩のなかの、たくさんのおばあちゃんたちの姿とともに。

年の暮れ、冬のあけぼの

雪の日の朝、目が覚めると「あれ？」と思う。なにかがおかしい。ふだんは気にも留めていない明けがたの雑音が消えている。誰かが音を飲み込んでいるみたいだ。

部屋着のまま上からダウンのコートを着ていそいそと外に出る。空気が冷たい。玄関を出て待ちきれずにすぐ足元の白いかたまりを撮り、少し歩いてまた撮る。放置された自転車のかごに積もった雪、白くなった植え込み、凍えている街路樹。静かなのは雪のせいだけじゃない。東京で突然の雪に耐えるタイヤをはいている車は少ないのだろう、大通りに出てもほとんど車通りはない。手袋もせずに出てきたので何枚か写真を撮っただけであっというまに手が赤くなり、急いでもときた道を戻る。

ストーブの前にしゃがみ込み、スマホで撮ってきたばかりの下手な写真を眺める。下手でもいい、「雪だよ、雪が降ってるよ」と誰かに伝えたくてたまらない。「見て、東京にも雪が降るんだよ」と写真に書き添えてモスクワの友人にメッセージを送る。そして、確か、こんな雪の日を描いた詩があったよな、と思いだす――

夜があけて　朝がきたのに
とつぜん　暗くなって
明かりが灯され　窓の外をのぞいてみると
雪が降ってる　とっても白い雪なのに
どうしてこんなに暗いんだろう?

児童文学作家ワレンチン・ベーレストフの詩だ。一九二八年に生まれ、ソ連時代をまるごと生きて一九九八年に亡くなったベーレストフは、子供のための詩を得意とし、その作品は現代でも詩集絵本として再販され読み継がれている。

雪が積もり　日は短くなり

今年が終わり　冬がはじまる
昼なのに大きな　ぼくの影が
ついてくる　雪に青い　跡をつけて

こちらはベーレストフの別の詩『十二月の雪』の冒頭である。東京の雪のように、積もったそばから空がぴかぴかに晴れてしまってたちまち溶けていくような雪ではない。雪の青さというものを、ロシアに暮らしてはじめて実感した。白い雪なのに不思議なほど暗いという感覚はとてもよくわかる。極端に日が短く昼間でもどんよりと暗い日に、木々の合間に積もる雪はうっすらと青くて、なめらかな曲線のなかになにかが隠れていそうな気がしてくる。春がくるまで何ヵ月も溶けない根雪が、冬の訪れを知らせている。

ロシア語の児童書は詩の形式で書かれているものが多い。現代の映画などでも夜眠る前に親がちいさな子供におはなしを聞かせるシーンを注意して聴いてみると、「むかしむかし、あるところに……」といった物語が韻律と脚韻のある詩の形になっている。子供たちはそのリズムを聴いて眠りにつく。子供がロシア語を覚える段階における詩は、なによりもまず子守唄として、昔話として、幼い脳に入ってくる心地よいリズムなのだ。

ペテルブルグでロシア語を学んでいたころ、街の本屋でうさぎやくまや人間の子供たちの挿絵が入ったベーレストフの詩集絵本を見つけた私は、その本のかもしだす優しげなたたずまいに惹かれて買って帰り、少しでもいいからこの本に書いてある詩を暗記したいと考えた。けれども子供向けの本というのは独特の難しさがあり、いざ読もうとしてもどこにアクセントをおいたらいいのかさえおぼつかない。

そこで私は当時通っていた語学学校のタチヤーナ先生という文法の先生のところに空《から》のカセットテープを持っていき、「この本の詩を、どれか一篇でも二篇でもいいので、朗読してテープにふきこんでくれませんか」と頼んだ。

タチヤーナ先生はほっそりとした初老の女の先生で、真面目そうでもの静かで、古びてはいるけれど上品な灰色のジャケットを着ていて、私が教わっていた先生たちのなかではいちばん目立たない先生だった。この先生に頼もうと思ったのは、いつも授業にカセットテープの音声を使っていたので少なくともテープの扱いには慣れているだろうし、はっきりとした聴きとりやすい発音で、それでいていつまでも聴いていたくなるような柔らかい話しかたをするので、もしひきうけてくれるならぴったりだと思ったからだ。しかし先生は本を受けとりページをめくると、少し

困った顔をして、

「これは私でも文法的に説明が難しい箇所があるから、語学の学習には向かないかもしれないわ。この本じゃなきゃだめなの？」

と答えた。

そういえば、タチヤーナ先生はいつも私たちの学習進度に合った教材を念入りに選んで持ってきてくれる。こういう点はそれぞれの先生によって差があり、たとえば会話の授業のガリーナ先生はロックやらシュルレアリスムやらの変わったテキストをわざわざ好んで持ってきては身振り手振りで説明するのが得意だったし（ガリーナ先生はロシアのロック音楽を語学教材とした教科書も出していた）、映画講座の先生は時代背景を細かに説明するために多種多様な映像データをみせては映像に語らせて説明してくれたし、文学精読のエレーナ先生はこちらがわかるかわからないかぎりぎりの（いや、ときにはまったくもって難解な）詩をためらいもせず朗々と暗唱してくれた。しかしタチヤーナ先生は私たちがまだ理解できなさそうな教材はまず選ばないし、それでも難しい言葉があれば、あらかじめかみくだいて書きなおした易しい解説文を用意してプリントして、つまずく箇所があれば次の回にはピンポイントでそのテーマに合った大量の練習問題を持ってきて取り組ませる。とにかくひとつひとつ、こちらの理解の度合いを確かめながら丁寧に教える先生だった。

「でも、この詩集がいいんです。お願いします。いますぐにはわからない箇所もあるかもしれないけど、まずは暗記して、だんだん理解していきたいんです。だって、子供もやっぱり理解できていない詩でも覚えて、あとから意味がわかったりするでしょう」

と頼む私のしつこさに負けてタチヤーナ先生は苦笑いし、とうとうカセットテープと本を受けとってくれた。

次の週の授業のあと、先生はテープを私に渡すと、本をめくりながら、

「久しぶりにベーレストフを読んだけど、いい詩が多くて、選べなかったの」

と、笑顔で言う。

え、選べなかったって……？　と、よくわからずに戸惑っていると、

「ぜんぶ読んでおいたから。途中でひっくり返して、裏にも入ってるわ」

と付けたして、なごり惜しそうに表紙をなでてから、本を返してくれた。

寮に戻ってカセットを再生すると、なんとそこには本当に、一冊まるごとの朗読が入っていた。A面だけでは入りきらず、途中で裏のB面に突入し、テープの容量

ぎりぎりまで使って最後まで読み切ってくれている。私はそれを聴きながら、ありがたいやら申しわけないやらでひとりで赤くなったり青くなったりしていたが、ともかく宝物のようなカセットテープを手に入れてしまったので、毎晩寝る前にそれを聴くことにした。

さて、いまここに書いたのはおよそ二十年ほど前、二〇〇三年ごろの話だ。現在では音声教材はインターネットを利用すればいくらでも手に入る。教科書や語学の教材にもだいたい音声ダウンロード用のＵＲＬがついているし、ロシア語圏は朗読文化が盛んなので、たいていの詩や小説は朗読音声をみつけることができる。ベーレストフの詩を探してみても、プロの朗読もあれば、一般の人が読み聞かせ用に録音したものも、どこかのちいさな子供がたどたどしい発音で一所懸命に読んでいるところを記録した動画もある。

二〇〇〇年代のはじめでも、すでに本屋の片隅で朗読ＣＤの販売はおこなわれていたが、まだ数が少なかった。けれどもモスクワに住むようになったころには、ＭＰ３形式で録音された大容量の朗読ディスクが台頭した。六年にわたるロシア生活のなかで私が最も好きだった買いものは、まちがいなくこの朗読ディスクだ。学校帰りに書店の朗読音声コーナーを覗いては新作を探す。当時の物価にして一枚百数十円から三百円程度だったので、聴ける限りの朗読を集めては次々に聴いた。いまだにうちのＣＤラックを占領しているそのラインナップの節操のなさといったら、十八世紀から二十世紀にかけてのロシア文学の朗読をはじめとして、ソ連時代に収録されたラジオドラマ、二十世紀初頭の詩人による本人の朗読を記録した雑音混じりの貴重な資料音声とその解説、海外（つまりはロシア以外の）文学、西欧哲学の古典、児童文学……。聴きつぶれるほど聴いたものもあれば、試験対策に買った課題図書で、ジャケットを見るだけで試験勉強のせっぱつまった記憶がよみがえるものもある。当時はＭＰ３ディスクを入れてそのまま聴けるウォークマン型の再生プレイヤーを電子機器市場で買ってきてバッグにしのばせ、モスクワの街を歩きながら聴いていた。最近は音声ファイルに落として古い iPod に入れたものを聴きながら、東京の近所を歩いている。朗読音声は散歩のおともでもあり、寝ながら聴く子守唄でもあり、どこにいても本のなかに連れていってくれる案内役でもある。

　とりわけ冬の散歩は特別だ。イヤホンの上からマフラーをして帽子をかぶれば、ぬくぬくとした毛の巻きもののなかに音と自分だけの世界が生まれる。それでも寒いときはコートのフードをかぶった上からぐるぐるとマフラーを巻いてフードを頭に密着させる。あまりスマートとはいえない見た目になるが、そのかわりとてもあたたかい。
　マフラーのなかで響く音に耳を澄ませる。長編小説を少しずつ聴きながらずっと遠くまで歩いていくのもいいけれど、かわるがわるにさまざまな世界をみせてくれる詩集もいい。ベーレストフの続きを読もう——

もみの木には　雪の足が生え
シジュウカラが　たのしくうたう
あっちには　雪だるまがいっぱい
こっちには　雪のお城がいっぱい

　もみの木に生えた「雪の足」というのは、雪国を知る人なら思い浮かぶ光景かもしれない。ずっしりと積もった雪が葉むらに重たくのしかかって、下のほうの枝が雪をまとって垂れ下がり、積もった雪の表面まで届いている。それが足にみえるというわけだ。ここで使われている「足」という単語はふつう動物の足に用いられる語で、いつもは一本足で立っている木が、四本足（か、それ以上）の動物のように、たくさんの「足」を地面に伸ばしている様子を表している。

歩きながらその景色を想像してみても、東京にいる私の目の前には残念ながら雪はない。ましてや雪の重みにしなるもみの枝なんて、果てしなく遠い景色に思える。冒頭に書いた、東京に曲がりなりにも雪が積もった日のできごとは何年前のことだったか——と考えて、モスクワの友人からの無邪気な返信と雪だるまのスタンプを思いだし、あれはまだこの戦争が本格化する前だった、と気づく。二〇二三年の東京の秋は記録的な暑さだったが、ウクライナの友人も、十月なのに二十度の日があり驚いたと話している。数年前、モスクワでも冬に雨が降ったというニュースがあった。世界から雪が消えていっているのだろうか。雪にまつわる苦労は多いけれど、雪がないのはやっぱりさみしい。

暮れた空は　いつのまにか明るくなり
闇のなかから　雪が白く浮かびあがる
十二月の短い　昼間が好きだ
それは年の暮れ　冬のあけぼの

ぜんぶで三連の短い詩『十二月の雪』はこれで終わる。

一年が終わり、冬が始まる。雪を見たい。叶わないなら、せめて本のなかの雪を。

タチヤーナ先生が録音してくれたカセットテープには、先生が読みながらふっと微笑んだと思われる息づかいが感じられるところや、ページをめくる音、「あ、間違えたから最初からもう一回」と言って詩を頭から読み直す箇所があり、まるですぐそばで読んでくれているような感じがして、私はそれらの箇所がとても好きだった。

カシャン、とラジカセにセットして重たい再生ボタンを押すと、テープは回りはじめる。雪の向こうの遠いペテルブルグの過去から、その音が聴こえてくる。

猫背の翼

もしなんでも好きな動物になれるとしたら、なにになりたい？

子供のころよくやったそんな空想ごっこを、いまもときどきやってみる。小中学生のころはやっぱり、いちばん身近な猫になりたかった。「猫になりたいな」と思いながら猫を眺めていたら、猫になりたくなりすぎて泣きだしたことすらある。それでも、どうがんばっても猫にはなれないみたいなので、仕方がないからベランダの柵に干してある布団の上にまたがってひなたぼっこをしてみたり、ストーブの前に寝転んだりして、なるべく猫みたいに生きようともした。いや、つまりはごろごろぬくぬくしていただけなのだけれど。

しかしあるときから、なりたい動物が鯨になった。猫から鯨とはずいぶんめちゃくちゃな進化だが、それは突然のできごとだった。モスクワで大学生をしていたころ、かのモービー・ディックに――メルヴィルの『白鯨』に出会ったのである。でも、どうして鯨との出会いが、こんなに特別なものになったのだろう。

　モスクワ生活が長くなり、海というものにどこか非現実的な憧れを感じていたせいだろうか。幼いころは休みのたびに新潟の海に行けたし、実家のある横浜も、最寄駅から海までは（埋立地と住宅地に囲まれた海ではあるが）いちおう徒歩五分である。ところがどこまで歩いても海の見えない場所に暮らし、雪に覆われた建物のなかで本ばかり読んでいると、かつてあんなに近くにあった海の解像度はどんどん低くなり、ただ夏の海に入っていたときの温かい感覚に本能的な懐かしさを感じるだけになっていく。その点、鯨になれば海に不自由はしない。

　鯨の生態がもたらすイメージに惹かれたのもある。ひたすら本を読む文学大学の生活は、猫として生きるのにはあまり向いていない気がした。なんていうかもっとこう、大きくてたくさん食べて安定感のある動物のほうがよさそうだ。だから小魚を大量の水ごと飲み込んで巨体になっていく鯨はうってつけである。それに「回遊」という生きかたもいい。夏は涼しい海で小魚をたくさん食べてよく太り、冬は赤道付近に移動して繁殖をする。もちろん国境なんてものはない。メキシコからアラスカ、ロシアから日本海、フィリピンと、ものすごい距離を泳いでいく。私にとっての小魚は本であり、図書館は海なのだ。そのなかを悠々と進み、本を食べてどこまでも泳いでいきたい。

ちなみに猫と鯨は見た目はあまり似ていないが、ロシア語の単語はよく似ている。猫はКОТ《コート》、鯨はКИТ《キート》である。この類似をもとに、ソ連の児童作家ボリス・ザホデールは「くじらとねこ」（一九六四）というおかしな詩を書いている。

このお話は　めちゃくちゃだ
どこから読んでも　謎だらけ
あるところに　くじらとねこが
あったとさ

ねこは　こわーいくらいに大きくて
くじらはちいさく　人なつこい
くじらは　ニャーと鳴き
ねこは　シューッと潮を吹く

くじらは　水を火のように怖がって
がんとして　水に入らない
ねこは　そんなくじらを見て笑う

どうやら、鯨と猫があべこべになった世界のようだ。

鯨は夜になると外をほっつき歩き、昼間はぐうぐう眠っている。起きると小皿のクリームを舐め、けんかをして柵によじのぼる。優しい猫は争いを好まず、のびのびと大海を泳ぐ。猫はときおり海面に出てきては大波をたて、また深くもぐっていく。鯨は高いところに登るのが好きで、夜中に屋根の上で鳴いている。人間が鯨を呼ぶと、喜んで屋根から降りてくる。

キートとコート、母音ひとつの違いを楽しむように詩は続く。海を泳ぐ巨大な猫と、水が嫌いで屋根の上が好きな鯨の姿は、思い浮かべるだけでも楽しげだ。

そんなふうに　いつまでも
続くものとも　思えたが
正体を知る　時がきた

大海原に　ぽっかりと
現れたるは　捕鯨船

さあたいへん。捕鯨船の乗組員が鯨をとりにやってきた。海の巨体に向けて大砲を構えたその瞬間、乗組員はびっくりして飛びあがる——ぴんとたてた尻尾にとがった耳、どこからどう見たって、あれはまさしく猫じゃないか！

大急ぎで　電報だ——
「化け猫だ　海のなかに猫がでた！
どうも　なにかがおかしいぞ
このお話は　めちゃくちゃだ！」

するとたちまちヘリコプターがかけつけて、首都からさまざまな人がやってきた。博士に教授に看護師に、鯨学会と猫学会の研究者たち。そこについてきた学生が延べ七十人と記者が三十五人、編集者が二人、校正者が一人。ついでにカメラマン、照明係、自然保護団体の若者たちも。

みんながヘリコプターから甲板に降りてきて、おしあいへしあいの大混雑。さあて、どっちが鯨でどっちが猫か、一年がかりの大調査がはじまった。

ようやく結果が　わかったぞ
このお話が　めちゃくちゃなのは
なにをかくそう　誤植のせいだ！
あらゆる規則に　逆らって
КОТ《ねこ》はКИТ《くじら》に　КИТ《くじら》はКОТ《ねこ》に
誰かがぜんぶ　あべこべにした！

誤植を直せば　すべては解決
このお話に　謎はすっかりなくなった
鯨は海に　還ってゆき
猫は台所で　のどかに眠る
これでようやく　あるべき姿

たいへん正しい　これでいい
はっきり　すっきり　すばらしい
終わってしまうのが
惜しいけど……

これでこの詩はおしまい。なんと、すべては誤植のせいだったのだ。

アンドレイ・タルコフスキーの映画『鏡』（一九七五）には、校正の仕事をしていた母親が誤植をしたかもしれないと思って朝早くに大慌てで確認しようとする場面がある。誤植が場合によっては逮捕にもつながるおおごとであったスターリン時代の記憶に結びつくものだが、ザホデールの詩は冒頭から母音をあべこべにするという意図的な「誤植」の楽しさで構成され、その誤植が正されると同時に物語も終わってしまう。もちろんスターリン時代であればこんな詩は書けなかった。一九六四年、児童向けの詩でありながら、終わりつつある雪どけの時代を感じさせる内容になっている。

ちなみにロシア語の「猫」は、ほかの西欧言語などと同じくラテン語源とみられており、「鯨」はギリシャ語の「ケートス」が語源となっていて「海の化物」「海獣」の意味とされる。あの大きな姿を初めて目の当たりにしたら、化物に見えるのはよくわかる。

　しかしひとくちに鯨といっても鯨にはさまざまな種類があり、名前がある。『白鯨』のモービー・ディックは白いマッコウクジラだった。マッコウクジラのロシア語名はポルトガル語源で「カシャロート」といい、「大きな頭」を意味するという。その名の通り角ばった大きな頭が特徴だ。

　いっぽう、ふつう鯨といわれたときに思い浮かべる人がいちばん多いのはシロナガスクジラかもしれない。もう、とにかく大きい。鯨のなかでも最大級の体長は二十メートル以上、大きいものだと三十メートルにもなる。鯨の頭から尾まで、かけっこができそうな長さだ。鯨といえばよくトレードマークのように描かれる口の下の縞模様にみえる部分は、がばっと効率よく伸びてたくさんの小魚を飲み込める。

　ころんとした丸みのある形が愛らしい（といっても大きさは十メートル以上にはなるが）セミクジラは、さきほどのザホデールの詩に登場した猫鯨を思わせるほど人なつこく温和な性格だ。和名の由来は、背が美しいから「背美《せみ》」鯨であるという説や、海面に背中をみせて泳ぎ続けることから「背乾《せび》」鯨であるという説がある。

また、学名にjaponicaとつくことからロシア語では「日本の鯨」と呼ばれている。

　でもやっぱり、なるとしたらザトウクジラかなあ。ザトウクジラはシロナガスクジラと同じナガスクジラの仲間だ。和名の「座頭」は座頭市の座頭、つまりは目の見えない琵琶法師のことだ。由来は、海面にあがってきてまた潜っていくときに背を丸めるので、その姿が琵琶の形に似ているからだとも、琵琶法師の後ろ姿に似ているからだともいわれている。歌をうたう鯨としても知られているから、音楽を思わせる名前がよく似合う。ロシア語では（英語も）やはりその背を丸める姿から「せむしの鯨」というが、せむしという言葉は日本語ではほとんど使われなくなり、最近ではこの語は「猫背の」などと訳される。ということはザトウクジラは「猫背の鯨」だ。猫背の私はなんともいえない親しみを感じてしまう。ロシア語には「手の長い鯨」という別名もあり、これはザトウクジラのトレードマークの大きな胸びれを指す。学名はこれを「大きな翼を持った」と表現している。

　このようにして、古代の人々にとって「海の化物」でしかなかった大洋の巨体には、実にさまざまな比喩が与えられてきたわけだ。

　さて、こんなに鯨、鯨といいながら、私はほんものの、生きた鯨を見たことがない。いや、鯨を見たことがある人のほうが少ないのだ。水族館なんかに入りきらないあの巨大な動物を。本や映像や上野の科学博物館の前にある鯨の像を見て知ったような気になっているだけで、実際に海に泳ぐところを見たら、その姿はまさに猫……なんていうことはさすがにないにしても、写真や映像から受ける印象とはまるで違うかもしれない。

そんなわけで、私がなりたい鯨の姿は、文字から受けた印象を糧に、くるくると姿を変えていく。その鯨は視界に入らないくらい大きくて、猫背で、巨大な翼を持っている。猫のように背を丸めているのはもちろん本ばかり読んでいるせいで、翼があるのは物語の世界にいつでも飛んでいけるように。ときには誤植で母音が「イ」から「オ」になり、屋根にかけのぼってニャアと鳴く。本を読むのに飽きたら、こたつに入って眠ろう。

そんな猫鯨も、背筋が伸びたらいいなあ、と思わないではない。背骨や首が痛むときには、自分の姿勢の悪さを嘆くかもしれない。だけどこの姿が、好きなものを追ってきた証だというのなら、それはそれで悪くもない。

かくして子供のころの夢であった猫と青春時代以降の夢である鯨はひとつの生物となり、とりあえずは私のなかで、いつまでも仲良く暮らしている。めでたし、めでたし。

あの町への切符

どこかに町がある
　夢のなかのように　静かな町が
砂埃が吹きつける
　　胸元まで
ゆったりとした小川は
　ガラスのように澄んで
どこかに町がある
　あたたかい町が
僕らは遠い　子供時代を
　あの町で過ごした……

一九六〇年代にソ連で人気を博したロベルト・ロジジェストヴェンスキーの『子供時代への切符』という詩だ。

子供時代を過ごした町との関係は、人によって違う。父母の暮らす実家がまだそこにあるという人もいるし、引っ越したきり何十年も行っていないという人もいる。

この詩の「夢のなかのように静か」という表現は、それが、もう当時の音を思いだせないくらい遠い記憶だからだろうか。長いこと行っていない場所だからだろうか。個人的にはこの感覚はよくわかる。私が一歳から八歳までを過ごした町は、跡形もなく消えてしまった。いや、空間が消えるわけはないのだけれど、あのころ住んでいた町はもうない。

それは埼玉県所沢市の公団住宅が建ちならぶ地域だった。西武新宿線の新所沢駅から歩いて十数分の町で、どこまで歩いても団地ばかりだった。団地のあいだの細い路地を歩いていると必ず等間隔でブランコとシーソーと砂場だけのちいさな中庭のような辻公園があって、また団地がいくつかあって、また辻公園がある。私が住んでいたのは一六四号棟だったけれど、二四〇番台の棟に住む友達もいて、その数字はつまりそれくらいの数の団地がそこにあるということを示していた。うちに自家用車がないこともあってあまり遠出をしないので、当時の私の視界に映るものは平日も休日もひたすら団地ばかりだ。自分を取りまく世界の姿が頭のなかで形成されていく時期にそういう町にいたので、私の世界はどこまでも続く四角い団地と辻公園と幼稚園でできていた。

そんな団地のなかを父と歩いていたとき、ふと祖父母のいる新潟がどこにあるのかを知りたくなったことがある。世界はこんなに団地ばかりなのに、この光景とはまったく違う、あの田んぼがずっと続く新潟は、いったいどこにあるんだろう。あ、ひょっとしてあの遠くに見える山の向こうかもしれない。あの山の向こうに行ったら、団地だけの世界が田んぼだけの世界になるのかもしれない。私は父に、

「にいがたって、あの山のむこうくらいにあるの？」

と訊いてみた。すると、

「うーん、そうだねえ。あの山の向こうの山のそのまた向こうにもっと大きな山があって、その大きな山の向こうくらいかなあ」

という答えが返ってきた。

そこで私の世界地図は少し広がった。あの山の向こうにはまた別の団地があって

公園があって幼稚園があって山があって、その山の向こうにも団地があるのだろうけど、いくつか山と団地を越えていくうちに特別に大きな山があって、その先は急に田んぼが増えて広い川が流れて、新潟が出現するのだ。そういえば、新潟に行くときに新幹線からみえる景色も、そんなふうだった気がした。

あとになって訊いてみると、その団地に住むようになったのは、両親にとっても少し思いがけない出来事だったという。長女である私が生まれたころ、ふたりは公団住宅の抽選に応募してみることにした。団地の抽選はなかなか当たらないらしいけれど毎年応募していればそのうち当たるだろうからと、まずは手始めに夢をふくらませて、メゾネットタイプの庭つき二階建てという、団地にしてはちょっとぜいたくなところを選んで応募した。「次回からはもうちょっと地に足をつけた物件に応募しよう」などと言いながら。それが当たってしまったのである。

当時の父は非常勤講師のかけもちをしていて、うちにはとにかくお金がなかった。団地とはいえ身分不相応なところに当選してしまったので、さらにお金がなくなった。「いやいや、そんなおおげさな」と思われるかもしれないが、おおげさではない。給料日前日のある朝、こんなことが起きた。父が「電車賃がない」という。父母ふたりで財布をひっくりかえしてみたが、数百円しかない。さて困った。

これでは行きの電車には乗れるが、帰ってこれない。同僚の先生に借りてもいいが、さすがに電車賃がないとは言いだしづらい。そこで父はひと芝居うつことにした。昼休みに教員室で、

「あーっ、財布を忘れた！」

と大声で叫び、危機一髪、首尾よくほかの先生に帰りの電車賃を貸してもらったという。その先生は「財布を忘れてどうやって学校まで来たんだ？」と疑問に思ったんじゃないか、とか、そんな小芝居をせず正直に言ったってよかったのではないか、とも思うが、ともかくそれくらいお金がなかったのだ。

おかしなもので、そんなにお金がなかったはずなのに当時の記憶はとても明るい。財布を忘れたふりをしたこのエピソードも、当の父はまるでとびきり滑稽な落語でも話すみたいに気に入って繰り返し話している。あれから何度も引っ越しをしたので当時から持っている荷物はうちにはあまり多くはないが、時々ちょっとした台所用品などの古さに気づいた母が「これ、所沢にいたころに買ったものじゃない！」と驚くことがある。そういうときの母もまた、あたかもその小物がタイムマシンに乗って所沢から遊びにきてくれたかのように楽しそうだ。ちいさかった私は細かなエピソードを理解して覚えているわけではないけれど、おもちゃのようなち

いさな庭にところせましと草花を植えて、とりわけチューリップの球根を愛しげに育てていた父や、私の着る服をほとんど手作りで縫っていた母が大事にしていた「布以外を切ると切れ味が悪くなるから布しか切っちゃいけない、持ち手の黒い大きくて重たいハサミ」のことなんかをとぎれとぎれに覚えていて、それらを思いだすと、ぼんやりと、父母はほんとうに楽しかったんだろうな、と思う。その楽しさが思い出を明るくしているのだ。

そんな町に、むしょうに帰りたくなることがある。ロジジェストヴェンスキーの詩はこんなふうに続く――

夜中に家を　飛びだして
駅で切符を　買おうとする――
「すみません　僕がずっと探していた
子供時代への切符は　ありませんか
寝台車の切符を　くれませんか……!」
窓口の人は　静かな声で
「ありません」

と答える……

子供時代への切符は、もう売っていない。

小学校二年の終わりに、私たちは横浜に引っ越すことになった。そのころすでに、町の再開発の話が出ていた。私たちの住む棟は比較的駅から離れていてまだ具体的な話はされていなかったが、駅前の団地は取り壊されて棟の数は減り、高層の住宅が建つという。これまで団地に住んでいた人は優先的に新しい市営住宅に入れるというが、家賃が上がるので入れない人もいる。困ったことになった、という話をなんとなく耳にしていた。やがてあのあたりの団地の多くがなくなった。秋津や東村山や浦和など近辺に引っ越していった人たちもいるし、もっとずっと遠くに去った人もいる。

さて　どうしよう！
　窓口の人に　言い返す術はあるのか
ほかにどこへ　行って訊いたら
　子供時代の道を　見つけられるのか

いや　ひょっとして
ごく　たまに
記憶のなかでだけ　僕らは
そこへ行けるのだろうか……?

たとえ町が存在し続けていたとしても、子供時代の町が当時のままの姿であることはまずない。当時と同じ人たちが同じように暮らしているわけではないし、子供だった自分自身もいない。だから多かれ少なかれ、ほんとうにそこへ行けるのは記憶のなかだけということになる。

以前、弟との対談本を出す際に、子供のころの写真をもとに表紙のイラストを描いていただくことになり、実家の押し入れを漁って写真を探した。一九八〇年代当時は赤ちゃんが生まれるとずっしりと重たい大きなアルバムを自治体がプレゼントしてくれるものだったらしく、私が生まれたときの赤いアルバムがひとつ、弟が生まれたときの白いアルバムがひとつある。少し大きくなって乳児期を過ぎると写真屋でもらうような軽い小さなアルバムになり、それが延々と続く。ネガ入れにはずっしりとネガフィルムが入っている。「百年プリント」と書かれた未整理の袋から写真を出す。百年とはいわないまでも四十年ほどが経過したそれらの写真は、不思議なほど鮮やかな色をしている。それを眺めながら、なんとはなしに（あ、そうか）と思う。私が子供だったころの「古い写真」というのは白黒写真だったので、自分たちの写真もそのうち白黒に……はならないまでも、ある程度は色褪せていくものだと漠然と思っていた。（しかし百年プリントとは、なかなかどうして綺麗に残っているものだ）と四十年越しの企業広告のようなことを考えながら、数枚を選びとる。

そのなかの、採用にはならなかった一枚に、雪の写真があった。雪の積もった団地の玄関の前に、父と私と弟が立っている。三十数年前は所沢にもこんなに雪が降ったのか、と驚きながら見ていると、雪うさぎの記憶があることに気づく——雪うさぎを作って南天の赤い目と葉の耳をつけたら愛しくなってそばを離れられなくなり、しゃがみこんだまま動こうとしない私に困った母が家から丸いおぼんを持ってきて、うさぎをおぼんにのせて持って帰らせてくれた。ところが、いつもごはんがのるおぼんにのったうさぎが今度は急においしそうに見えて、こっそりおしりのところをかじってみた。くいしんぼうだったのだ。

そんな脈絡のない断片だけの記憶が、あの町にはたくさんある。まるで読みすぎてページがばらばらになってしまった絵本みたいに。

その町には　おとぎ話が生きている
いたずらな風が　外においでと誘ってる
空まで届きそうな松に　太陽まで届きそうな家に
僕らは時折　めまいを覚えた
その町は　雪にうずもれて
しんと静まり　冬が過ぎる……

もう存在しないのだとわかっていても、行ってみたい。数年前、そんな思いにかられた私は、特に用事もないのに新所沢まで行ってみたことがある。

西武線に乗ると踏切の音の違いに気づく。ごくちいさな幼児のころ、私は踏切を通過する電車を眺めるのが好きで、おまけにどういうわけか踏切に行くとすぐにうっとりとして眠ってしまうので、父がよく昼寝をさせるために自転車の後ろに私を乗せて近くの踏切に通っていたという。あとになってその話を聞いたときは、踏切のカンカンいう音を聞きながら眠れるなんてずいぶん神経のずぶとい子供だと思ったけれど、西武線の踏切の音を久しぶりに聴いたとき、それがカンカンというよりはふぉんふぉんという感じのやわらかい音だと気づいて（ああ、なるほど）と思った。このくらいの音なら眠れるのかもしれない。それでも、大好きな電車がやってくるのを楽しみにしていたはずなのに踏切の音を聞いただけで眠ってしまうなんてやっぱりちょっと変な子供だけど、その「好き」は興奮というよりは安心感のたぐいだったのだろう。

　新所沢の駅前は、思いのほか変わっていなかった。小学校に入ってから初めてできた友達と一緒に買い物をした西友やパルコがあいかわらずあって、バスロータリーからまっすぐに伸びるけやき並木通りを進むと中央公園があり歩道橋がある。そして、やはり公団住宅ではあるのだろうが当時よりはずっと階数の多い建物がある。それから角を右に曲がる。曲がるべき角もちゃんと覚えている。けれどもその先には小綺麗な戸建の住宅が並んでいて、団地はない。ないのはわかっていたのだけれど、いざ目の当たりにするとそれはとても不思議な光景だ——数十年前まですべてが団地だった場所に新しくできた家ばかりなので、古い家が一軒もない。どこまで行っても新しい町並み。番地からするとこのあたりだろうと思ってみても、単に建物がないだけではなく区画そのものがなく、団地と団地のあいだの細い路地もなく、等間隔であんなにたくさんあった辻公園もなく、記憶の通りに道を辿ることができなくなる。まるでこの周囲だけぽっかりと別の空間になって、私の記憶を騙そうとしているみたいだ。

気をとりなおして幼稚園を探すと、幼稚園はまだ同じ場所にあった。園庭が広く開放的な雰囲気も昔と変わらない。幼稚園から家までは目と鼻の先だったはずだと思い、その道順を辿ろうとする。園を出て右に行くと公園がある。かつては栗の木がうっそうと茂っていて、私は栗を拾うのを楽しみにしていたのだけれど、枝が伐採されたのかずいぶんがらんとしている。そうそう、近所のいたずらっ子がこの公園にふざけて落とし穴を掘ったことがあった。私はその男の子よりも年下で声をかけるのはおっかなかったので黙って見ていたのだけれど、夕方になってこっそり母に言ったら、母が「誰かが怪我したらたいへん」と慌てて、もう暗くなった公園に、母とふたりで落とし穴を埋めに行った。暗い公園で母と一緒に土を埋めているという非日常感に、わくわくしたのを覚えている。

私は公園を出る。でもその先はすぐにまた新興住宅地になっていて道を見失う。やっぱりだめだ。あの団地はまるごとなくなってしまった。

僕らの運命の
　彼方からの歌
優しい町よ
　ありがとう
僕らは戻れないから
　待たなくていい
この惑星には
　ほかにも道がある

僕らは大きくなったんだ
信じてくれ
それから　ごめんね

ありがとう、信じてくれ、ごめんねと言って、風に途切れるように詩は終わる。

私たちは子供時代の町に戻ることはない。けれどもその破片は、ときにやぶれた絵本のページのように、ときにタイムマシンに乗ってやってきた台所用品のように、ちらりちらりと顔をみせる。

柏崎の狸になる

二〇二四年一月下旬。大学の授業期間が終わるとすぐ新幹線に乗り、私は新潟県柏崎市に向かった。

　生きているとたまに、すべてが決断に向かうような幸福な瞬間がある。それまでずっと知りたかったこと、不思議だったこと、澱んでいたものが急速にどこかひとつの場所に集約されていき、体が勝手に動き始めるような瞬間。

　このとき私を動かしていたのは「柏崎に家を買おう」という決断だった。なぜ柏崎なのか、なぜ家を買うのか、と人に聞かれたらきっとずいぶんと長い話になってしまうので、まだほとんど誰にも話していない。もし話すとしたら、「わかってもらえるだろうか」と不安になりながら、少しずつ話すことになるだろう。そう、こんなふうに――

いままで私は家もマンションも買ったことはないし、買おうと思ったこともなかった。ずっと賃貸でもいいし、寮暮らしだってかまわない。雨風がしのげる場所があればいい。でも。

でも。その先はどうしよう。

昼どきの上越新幹線の車窓から景色を眺める。高崎あたりでそわそわしはじめ、越後湯沢で無事にどっさりと積もった雪を確認し、「やったあ」と思う。予報では向こうも大雪だというが、このあたりの路線はちょっとやそっとの雪では止まらない。長岡駅で降り、信越本線に乗り換える。

これだこれだ。乗り換え駅の長岡ですでに空気が違う。その日は東京も冷え込んでいて気温だけをみれば大差はなかったのだけれど、雪国の空気はなにかが根本的に違う。寒気《かんき》が頬にあたると「ようやく冬がきたぞ」と、頭が本気モードになる。長年のモスクワ生活の名残りだろうか、自動的に、気を引き締めて思考に注力しようという態勢ができあがる。

停車中の車両に近づき、ボタンを押してドアを開ける。車両内によけいな冷気が入らないように自分でドアを開け閉めする雪国のシステムだが、自分でドアを開けると列車というよりは家のなかに入っていくような感覚があり、先に乗っていた数人の人たちに「おじゃまします」と声をかけたくなる。ゆっくりと動きだした列車の窓から雪景色を撮影する。古い集落の屋根にこんもりと積もる雪は昔話の挿絵のようだ。

柏崎の駅に着く。私が買おうとしている家の最寄駅は東柏崎なので越後線に乗ればひと駅なのだけれど、越後線はとにかく本数が少ないので待つよりは歩いたほうがずっと早い。ちょうど雪も止んでいる。曇り空の下、白い足元を踏みしめながら歩いていく。

途中に本屋があった。木の外壁に雪がよく似合う。よし、と私はこっそりガッツポーズをする。本屋があって雪がある。これでもう、人生に欠かせないもののうちふたつは揃った。

インターネットのごく一般的な物件サイトで見つけたその不動産屋さんは、すでに該当物件の家のなかをくまなく撮影した動画と写真をメールで送ってくれていた。一九三〇年築の木造一戸建て。建てられたのは一月だというから、今月はちょうど九十四歳の誕生月だということになる。価格は、家屋と土地込みで百三十万円。桁を間違えているわけではない。完全に投げ売りである。「内見をしたいんですが」と申し出ると、「鍵は水栓にとりつけておいたから、好きに入って見ていいですよ」とメールで暗証番号のようなものを教えてくれた。「水栓に鍵」とはどのような状況なのか、暗証番号はどこでどうやって使うのかと、謎解きのように頭をめぐらせながら歩いていくと、雪のなかに写真で見た通りの家が建っている。鍵はすぐに見つかった。駐車場の脇に水道がぽつんとあり、蛇口のところにてのひらサイズの鍵箱がひっかけてある。ダイヤル式の暗証番号を合わせてその鍵箱をあけると、中から玄関の鍵が出てきた。なるほど、「水栓に鍵」とはこういうことか。

　家の正面は年季の入った板張りの外壁で、鍵を回してガラガラと引き戸をあけると昔ながらの土間があり、立派な丸太梁がむきだしになっている。入った瞬間に、なにかとても良い気配を感じる。写真で見たときもうっすらと感じていた、人に喩えるなら「慎重で物静かな雰囲気」とでもいうべきたたずまいの良さ。決してピカピカの家ではなく、二階の壁の一部には割れの修復跡もみられるのだけれど、それでもこの家が九十年以上にわたりほぼ原形のまま建ち続けているということ自体にそこはかとない魅力があり、住んできた人たちに感謝したくなる。不動産屋さんによると、前の住人は帽子職人だったらしい。人のことはいえないが、帽子職人とはまた珍しい職業である。いまごろこの家も首をかしげて私を見つめ、「やあ、今回もまた不思議な人が来たな」などと思っているかもしれない。いや待て、こんなに古い家に首をかしげてもらっては困る。倒壊しかねないじゃないか。ここはひとつどんと構えて、にっこり笑って迎えてもらわないと。

　そんなふざけたことを考えながら一階と二階を歩きまわる。一階の三部屋の床はすべて板張りで、二階の六畳間と八畳間は畳だ。畳は古いがあまり傷んでおらず、やはり残しておきたいと思わせる。もう少し長く見ていたかったけれど足が冷たくてしもやけになりそうになり、家を出て鍵を閉めてもとの鍵箱に戻し、歩きはじめる。白い風景、のどかな町。人影は少なく、たまに長靴を履いたおばあさんが歩いている。

　タクシーに乗り、宿を予約していた番神岬に向かう。車はすぐに海沿いに出る。家から最寄りの海水浴場までは歩いても三十分弱だ。海まであるなんて、やっぱりいいなあ。

　降車ぎわに運転手さんに「どちらから？」と訊かれて「東京から」と答えると「観光ですか」と続く。そのさりげない問いに「家を買いにきました」という重苦しいひとことを言い残して降りるのもおかしいかなと思い、「ええ、まあ」と曖昧に答える。しかしさらに「どうしてまたこんな時期に？」と訊かれて困惑する。頭のなかには柏崎に来た百通りもの理由が次から次へと思い浮かぶが、そのすべてを語り尽くすわけにもいかずに「母の実家が巻町で」と返すと、運転手さんは「ああ、巻で……?」と言ったものの、さらにわけがわからなくなったという顔になり、そのまま「ありがとございます」と言ってレシートを渡した。新潟弁は地域差が激しく、越後線で新潟から柏崎に向かえばひと駅ごとに言葉が変わるとさえいわれている。だから巻と柏崎ではだいぶ「言葉が違う」ことになるけれど、いまの運転手さんの「ありがと」の特有のイントネーションはやはり懐かしい。

運転手さんが混乱したのも無理はない。巻に母の実家があってそちらに行くというのならまだわかるが、「どうして東京から真冬の番神岬にきたのか」の説明にはぜんぜんなっていない。

越後線のほかに巻と柏崎をつなぐものは、原子力発電所である。原発を阻止した巻町と、原発ができてしまった柏崎。この対比は物心がついたころから私のなかにあった。

巻原発反対運動は、私が初めて体験した市民運動の成功例だ。巻の原子力発電所建設計画が正式に発表されたのは一九七一年だから、私が生まれる十一年ほど前になる。町民は長い年月をかけて反対運動を続けてきた。小学校高学年くらいになると、なにが起きているのかが私にもだいたい理解できるようになった。祖父母の町に、海に、なにか恐ろしい巨大な塊が建設されようとしている。もうあの土地も買われてしまった、ここも買われてしまった、でも予定地へ原発の機械を通す最後の道だけは売り渡してなるものか――そんな会話をおぼろげに覚えている。対立が大詰めを迎えた一九九〇年代、電力会社は「原発による地域活性の例を見せてあげよう」といい、巻の住民たちをすでに原発の建っていた柏崎や福島へのバスツアーに招待した。参加した町民たちは、観光をしておいしい料理をふるまわれるという、絵に描いたような買収旅行を満喫して帰ってくると、再び原発反対運動にいそしんだ。町のおじいさんたちはまるで狸が寄り合いをして「どうだ、悪い人間どもを化かしてやったぞ」と自慢するかのように得意げにこの話をしていた。もっと生真面目な人たちは、買収旅行なんかには行かず、自費で原発のある町へ視察に出かけていたけれど。そうして一九九六年の夏、巻町は国内初の住民投票の決定により原子力発電所を遠ざけた――巻の山狸たちの勝利だった。二十五年もの長期にわたる運動が、ついに実を結んだのだ。巻町はこの件で社会科の教科書にも載るようになった。私は教科書のページをじっと見つめ、「私も反対運動のトラックに乗せてもらったんだ」と誇らしく思った。

同時に、柏崎のことを思うとどうにも胸が痛んだ。ロシアに渡りチェルノブイリの事故を身近に知るようになったころも、福島の事故があったときにも。そのたびに「あのとき巻に原発ができなくてほんとうによかった」と思い、決まって「じゃあ柏崎は?」という思いがよぎる。柏崎という町は、原発を退けることが叶わなかった、もうひとつの巻町なのだ。

柏崎刈羽原子力発電所はかつて世界最大規模の出力を記録していたが、現在は諸々の問題指摘を受け、運転をほぼ停止。だがこの眠った怪物を起こそうという恐ろしい計画が、まさにいま進んでいる。二〇二三年の十二月、事実上の運転禁止命令が解除された。いったいどういう理屈で、なんの保証があって、そんなことができるというのだろう。

二〇二四年の年明けは地震からはじまった。能登半島の地震、津波の被害とともに、原発の不安が人々を襲う。せめてこの地震で正気に返って柏崎の危険を再認識してほしいという願いもむなしく、柏崎原発の再稼働に向けた動きは止まっていないらしい。私はウェブで公開されていた住民への説明会の動画を見て唖然とする。そこにはなんの理屈も保証もなかった。再稼働をやめるよう要求し説明を求める住民に対し、推進側はなんと五十年前と一言一句変わらない「原発による町の活性化」という決まり文句を繰り返して再稼働を押し通そうとしている。いったい「活性化」とはなんのことなのか。ときを同じくして福島では汚染水が大量に流出している（二月七日発表）というのに、それを知る住民の恐怖をそんな言葉で払拭できると思っているのか。柏崎市の人口が減少し、最寄り駅から徒歩五分の小綺麗な古民家が叩き売られていてもなかなか買い手がつかないのは、なんのせいなのか（私は自ら好んで古い家を選んだが、もっとずっと新しい家もひどく値崩れしている）。田舎とはいえ近辺でも、それこそ巻町をみれば同じような条件の家に数倍から十数倍の値がついている。柏崎市の空き家率は新潟県全体の平均と比べてもぐんと高い。路線図を見れば都心からも難なく行ける便利な場所にあり、海もあり風土も良いという立地のよさにもかかわらず、である。そう考えてまた、胸が重く痛む。

　番神岬の宿の部屋は広く、巨大なガラス窓の先には大迫力の荒れ狂う海がひらけていた。いつのまにか天候が悪化し外は吹雪になっている。でも、雪のなかの荒れた海をこんなに間近で見られるなんて、そうそうあることじゃない。強風が窓に吹きつけてガタガタと音をたてる。日暮れ前になると海の向こうからさあっと日が差し、その光はみるみるうちにこちらに近づいてきた。雲が形を変えて光のなかに存在感のある姿を形成していく。

　変わり続ける空とともに、頭のなかの明暗が絶えずくるくると反転し続けている。「なんていい町なんだろう」という実感と、「これでもし原発さえなければ、ほんとうにどれだけいい町だったのだろう」という思いが。

短くスマホが鳴る。父からのメッセージだ。正月に横浜に帰省したとき、柏崎に家を買いたいと相談していたのだ。「でも、やっぱり」と父は書く。「原発が近いのは不安だよ、いまネットで探してみたら、岩手の山奥とかに古くて安くてよさそうな物件がたくさんあるよ」と書いている。柏崎に住みたい理由をきちんと説明していなかったので、父は「田舎の素敵な古民家」を探してくれたのだ。ありがとう。でも、そういうわけじゃないんだ。しばらくやりとりをしたけれど、どう説明したらいいのかわからなくなり、あらためて自分の本心をまっすぐに見つめてみる。柏崎はとてもいい町だ。雪が降り、海が綺麗だ。町の人々の雰囲気も好きだ。家にも惹かれた。理由はたくさんある。でも、いちばんは――「柏崎原発を人類の当事者として考えたい」。そう送ったら、さすがこの娘を見てきただけあって、父は「あ、やはりそこか。そうじゃないかとは思ったんだけど」とすぐに納得し、「それなら止めないけど、地震・津波・事故の場合の避難の道筋と方法はよく確認しておくように」とだけ言った。「止めても止められるような人ではないことは百も承知しているから」――これはかつて私がロシアに行きたいと言いだしたときに言われたのとまったく同じ言葉だ。

翌日、地域の案内パンフレットのコーナーに柏崎原発の広報誌「ニュースアトム」を見つけ、帰りの新幹線で目を通す。まだあどけなさの残る作業員が写真入りで紹介されている。出身地が書かれており、ほぼ全員が地元の子供たちであるのが異様な感じを受ける。Q&Aは奇妙なレトリックで進む。内容としては「燃料棒の被覆管に微小な穴が空いたと推定される事象を確認」という恐ろしいことが書かれているのに、「安全かつ確実に機能させるため」「入念な模擬試験を行い」などの言葉を多用し、「リスクをさらに低減させることができました」と結論づけることによってあたかも以前より安全になったかのように見せかけている。なんだか、ソ連の官僚が好ましくない事実をごまかし既存の結論に持っていくために用いていた構文によく似ている。

二〇二四年二月九日。新潟県知事は原子力規制庁の長官と面会し、能登半島地震の起きたいま、原発再稼働についてあらためて住民の意思を確認する必要があると指摘した。さらに二月十二日、新潟日報には「世界最大の柏崎・刈羽原発　再稼働を問う！」として全面の意見広告が掲載され、事故が起きた場合、住民の避難が極めて困難であることが述べられている。同日、柏崎市と刈羽村では、積雪のなか地震と原発事故が同時に起き、避難ルートが寸断されたという想定での訓練がおこなわれたが、訓練の想定条件の甘さが指摘され、課題の多さが浮き彫りとなった。福島の件がもはや世界的な問題になっていることを考えても、これは決して柏崎だけの問題ではない。

巻の山狸たちよ、どうか天国から力を貸してくれ。狸にできることがまだあるならば、私も喜んで狸になろう。

あとがき　文化は脱走する

はじめて私の本を手にとってくださったかた、はじめまして。すでにどこかでお読みくださっているかたは、おひさしぶりです。つい最近も読んだぞ、というかたは、またお会いしましたね。奈倉有里です。

この本は二〇二二年から二〇二四年にかけて少しずつ月刊誌『群像』に書いてきた文章をまとめた本になります。ふだん、翻訳をしたり書き下ろしの本を書いたりするときはしばらく集中して一気に書きあげることが多いので、こんなふうにのんびり、そのときどきに書きたいことを好きなように書いたものが本になるのはこれが初めてです。

書籍化の話はあったのですが、どこで区切られるのかは実は私もわかっておらず、『柏崎の狸になる』がこの本の最後の回になったのは偶然でした。そんなわけで突然「狸になる！」と宣言してぷつりと本編が終わってしまったので、おそらく通して読み終えてくださった読者のかたがいちばん気になっているであろうことを最初に書きます。「それで結局、奈倉さんは狸になったの？」ということです。

　ぶじに狸になれたかどうかはわかりませんが、ぶじにひっこしを済ませ、いま私は柏崎にいて、これを書いています。築百年に近づきつつあるこの家は木の匂いがして、旧巻町（現在の新潟市西蒲区巻）にあったリフォーム前の祖父母の家を彷彿とさせ、なんだかずっと昔からここに住んでいるような気がします。べつにオチをつけるつもりで書いたわけではないのに、いまこの本に収録された文章を通して読み返してみると、まるで伏線回収でもするかのように最終回で「すべてが決断に向かう」と書いた理由がよくわかる気がします。まず、いろいろなところで何度も書いていますが、昔から雪の降る寒いところがむしょうに好きでした。この本に収録した『年の暮れ、冬のあけぼの』なんて、もし仮に「このエッセイの主旨を言え」といわれたら「雪が恋しい」としか言いようがない感じです。しかもその理由をたどっていくと祖父母のいた新潟に辿りつくんですね。雪の降る冬もいいけど海で泳げる夏もいい。『こうして夏が過ぎた』は、夏の新潟を書いた話でした。ひょっとして若いころに突然ロシアに行ったのも、ほんとうは新潟に行きたかったのにちょっと飛行距離を間違えて北西に飛びすぎたせいかもしれないな、なんて、たまに思ったりします。いきおいあまって。あまりすぎか。

それから『渡鳥のうた』の回で、私はどこかに行くのは好きなのにいわゆる旅行はさほど好きではないというおかしな性分で、その理由のひとつとして、どこかに行くとすぐその場所に住んでしまいたくなるからだ、と書いています。あらまあ。見事にその通りになってしまいました。

ここ柏崎という町には、私が「懐かしい」と感じるものがたくさん詰まっています。良くも悪くも、というと語弊があるかな。心地いいことも、苦しいことも。冬の雪、夏の日本海、木の家という新潟らしい風土の暮らし。町のあちこちに原発にちなんだ建物や宣伝物があり、原子力発電所の「親しみやすさ」を全面に押しだした昔のチェルノブイリを彷彿とさせる町づくり。ソ連時代のベラルーシあたりの官僚によく似た百面相の権力者たちと、彼らに対してグラスノスチ（情報公開）を求める市民派議員の奮闘。中心政府と地方行政と国家推進産業の癒着に翻弄されて対立を余儀なくされながらも、「この町が好き」というぎりぎりのところでつながって、つとめて明るく生きようとする町の人たち。ふらふらと迷い込んだ私を助けてくれた、力強く温かい人々との出会いもありました。東京からわずか二時間半で来られる海辺の町に、残しておきたい物語がたくさん眠っています。あ、柏崎のお話の続きはまた別の場所でする予定なので、このくらいにしておきましょう。

さて、冒頭の『クルミ世界の住人』は二〇二二年の春、ウクライナ侵攻という悪夢のなかで探るように書いた単発のエッセイでした。その後『文化の脱走兵』という連載の枠をいただき、続く戦争と、人好きな詩や歌と、大学で教えたり執筆をしたりの日常のあいだを右往左往しながら書いてきた文章ですが、いま読み返してみて自分でもちょっと意外に思ったのは、北原白秋がよく出てくるなあ、ということ。自分が書くもののなかではおそらくこの連載がいちばん力を抜いて書いているので、子供のころから親しんでいたものや好きなものが自然と出てきてしまうようです。ロシア語の詩のなかではアレクリンドル・ブロークとセルゲイ・エセーニンが多いかな……と思っていたのですが、案外、日本ではあまりなじみのないソ連時代の詩人もいますね。「そんな詩人もいるんだなあ」という感じでおつきあいいただければ幸いです。

本文中でも書いていますが、本書の『文化の脱走兵』という題名は、エセーニンが脱走兵を称えた詩にヒントを得てつけました（『動員』参照）。文化とは、根本的なことをいえば人と人がわかりあうために紡ぎだされてきた様式のことです。戦争は、この「文化」を一瞬にして崩壊させてしまいます。のみならず、それまで人と人をつなぐ役割を担ってきた文化が、凶悪にパロディ化されて戦争の宣伝に使われるようにもなります。そんなときに文化の担い手ができることはただ、「ロシアいちばんの脱走兵になった」と誇り、「僕は詩でしか闘わない」と表明したエセーニンのように、武器を捨て、文化の本来の役割を大切に抱えたまま、どこまでも逃げることだけです。

脱走兵といえば、ロシアの政治学者エカテリーナ・シュリマンは自身の政治番組でロシアの視聴者から質問を受けつけ、「この戦争が終わったあと、勲章を与えられた人は勲章を剝奪されたり、あるいは戦争犯罪を問われたり、公職につけなくなるなどの措置はとられるのでしょうか。逆に、脱走兵は賞賛されるのでしょうか。もしそうであれば、それをふまえたうえで前線の兵士に脱走兵になるように呼びかけることはできないでしょうか」と訊かれたとき、「脱走兵の記念碑」に言及しています——「第二次大戦後のドイツを例に考えてみましょう。ほぼすべての成人男性が戦争に関与していた状態でしたから、全員に社会的な制限などの措置をすることはできません。よほど権限のある人間でない限り、そのような形での処罰は現実的ではありません。勲章のほうは授与されようと剝奪されようとたいした意味はありません。これに対し、脱走兵については、ドイツだけでなくナチスとなんらかの協力関係にあったヨーロッパ諸国には数多くの『脱走兵の記念碑』があります。国家主導の虐殺がおこなわれている際、そこに加担する人は一人でも少なくなったほうがいいのは当然で、脱走兵は評価されて然《しか》るべきです」（岩波書店『世界』二〇二四年三月号、エカテリーナ・シュリマン、拙訳「長引く戦時の質問集」より）。

　世界の各地で戦争が続き武器が作られ輸出され、巨大な暴力は巨大な産業と結びついています。「戦争は戦場だけで起きているわけではない」ことを実感する機会が増えたかたも多いと思います。その凶悪さと巨大さ、そしてその社会で生きる自分もまたどこかでその構造に関与してしまっている現実を考えると、自分になにができるのかがわからなくなることや、絶望してしまいたくなることもあるかもしれません。それでもやはり、気づくことは気づかないことよりずっといいし、非戦のために自分ができることを考えるのは、それだけでもすでに意味のある、尊いことです。

　どうかあきらめずに、なによりも大切な自分の内面世界を守りながら、一緒に逃げ続けてください。絶望してしまわないためには物語が必要です。脱走兵の讃歌と、あたたかい思い出と、世界中の子供たちのぶんのクルミを抱えて逃げる決意をしてしまえば、どこかで同じように非戦を希求する仲間に必ず出会えます。

ではそろそろ、私も狸になって脱走を続けます。走りついたその先で、またお会いできるときを楽しみにしています。くれぐれも心身を大切に、お元気でいてくださいね。

初出
「クルミ世界の住人」『群像』二〇二二年六月号
ほかは『群像』連載「文化の脱走兵」二〇二二年十月号〜二〇二四年四月号
書籍化にあたり、加筆・修正をおこないました。

奈倉 有里（なぐら・ゆり）

一九八二年、東京都生まれ。ロシア文学研究者、翻訳者。ロシア国立ゴーリキー文学大学を日本人として初めて卒業する。東京大学大学院修士課程を経て博士課程満期退学。博士（文学）。二〇二二年、『夕暮れに夜明けの歌を　文学を探しにロシアに行く』（イースト・プレス）で第三十二回紫式部文学賞、『アレクサンドル・ブローク　詩学と生涯』（未知谷）などで第四十四回サントリー学芸賞（芸術・文学部門）受賞。主な訳書に、ミハイル・シーシキン『手紙』（新潮クレスト・ブックス）、サーシャ・フィリペンコ『理不尽ゲーム』『赤い十字』（集英社）、スヴェトラーナ・アレクシエーヴィチ『亜鉛の少年たち　アフガン帰還兵の証言　増補版』（岩波書店）ほか多数。近著に『ロシア文学の教室』（文春新書）。

KODANSHA

文化《ぶんか》の脱走兵《だっそうへい》

二〇二四年七月九日　第一刷発行

著者　奈倉有里《なぐらゆり》

発行者　森田浩章

発行所　株式会社講談社
東京都文京区音羽二-一二-二一
郵便番号　一一二-八〇〇一
電話　出版　〇三-五三九五-三五〇四
販売　〇三-五三九五-五八一七
業務　〇三-五三九五-三六一五

印刷所　TOPPAN株式会社

製本所　株式会社国宝社

　ISBN978-4-06-535966-2